まさか

坂上吾郎小説集 Ⅱ

玲風書房

目次

まさか

坂上吾郎小説集 II

表紙挿画　野見山暁治

題字　著者

まさか

平成十六年、長逝。享年七十二。

私が死んだところでどうということもない。ただいなくなるだけのことだと思う。

しかし、長逝とは、どういうことだろうか。ただ七十二というのは本当だ。

いったい私はこんなに長い間、何をしていたのだろうか。


つくつくぼうしの声も、いつしか聞かれなくなった、ある日。

「まあ、あと一《ひ》と月、長くて三月《み》」

若い医師は顎の尖った顔を、ちらっと、向けて、何事でもないように言った。

それは、何となく不充分な覚悟だった私にとって、何物をも打砕くような衝撃だった。私は呆然とすることさえできなかった。

「すぐ入院です」

テープレコーダーからでてくるような医師の音声は、私に反感をもたせることで、私を鼓舞するようだった。

医師が、もし、私に同情を見せたところで、妻の病気は、少しも変りはしないのだ。若い医師の顔が尖っていたからといって、全く医師の責任ではなかった。

とにかく、病室が用意された。市立の病院では、非常に幸運で、有難いことだと思わなければいけないのだが、看護婦たちの態度に、こちらが馴れていないということらしかった。

血液検査の数値を見せられても、それがいかに桁外れであって、それが何を意味するのか、全くわからなかった。私には病気の経験はあったと思っていた。それは三歳の頃、疱瘡の接種跡から黴菌が入って丹毒になったときのことだ。医師の診断がなかなかつかず、母が私を背負い、朝鮮の羅南の深夜を歩き歩きして、何軒目かの医者が子供の私を裸にしたときには、片腕の色が変っていた。危く血清が間に合って、私は命をとり止めたと、母から聞かされた。

しかし、こんな経験は、妻の病気の役には立たない。

それでも、今日までは妻から見れば、私はまるで病気の問屋だった。風邪はしょっちゅうで、微熱がなかなか下がらない。脈拍は普段でも速い、一分間八十以上は普通だ。体はいつも怠《だる》い、横着な躯である。肺結核が十五年間も丹精込めて仕上げたもので、つまり、それは毀れやすいことを自慢したいようなものだった。

それに引きかえ妻の雅香は、丈夫が売りものだった。何しろ風邪をひいたことなどない。ひいても寝たことがないので同居人の私が知らずにいたというのが正確かも知れない。私と一緒に暮らすようになって二十五年、体の不調で床に着いたことがなかったのだ。

「私は大丈夫」

が、妻のきまり文句だった。

昭和六十二年。しかし予期せぬことが、すべてこの年を起点に始まった。

十月五日
雅香のお腹がぱんぱんに腫れあがってしまった。いかに雅香が辛抱がよくても、いくら何でも、これはおかしい。唯事ではなかった。
「もう良くなってきたわ」
と言い張る雅香が、それでもやっと近所のI医院へ行った。

胃のレントゲンと血液検査を済ませた雅香は、その日はいつもの笑顔で帰ってきた。

十月六日

I先生から、検査結果と市民病院への紹介状を貰う。

I先生に

「これは……ではありませんよ」

と、言われても、口ごもる先生の……の部分が「只事ではない」という意味に聞き取れなかったので、私も雅香も、まさか、というようなことは、そのとき全く理解しなかった。

血液検査の数値を「ベッドサイド必携」で調べて見るが、LDHの数値が異常に高いことはわかっても、その数値が何を表しているのかわからない。いったいLDH＝乳酸脱水素酵素とは何ものか。もとより本当に何を心配すればよいのか、心配の仕方を知らなかったのだ。

十月七日

雅香、十時に市民病院へ行く。

「すぐ入院するように」

とは最初に書いたとおりである。いったい何の病気なのか。どこが悪いのか。こうして私たちの「まさか」が始まった。

マサカ　病ニ　タオレル
入院ノ朝　浴槽ヲ洗イ　踏ミ板ヲ干シ
自分ノ布団ヲ　押入レノ　高クニ納メル

イヨイヨ　病院ノ　ベッド　ニ
横タワリテ　ニッコリス

「月日の、たつのは早いわねぇ」

と、一度言葉を切り
「この間まで暑かったのに、もう十月」

雅香が、独り言のように呟く。雅香は、遠い空を見ているような面差しで、何も見ていなかった。このとき、雅香は、人の一生の短さに、ふと思い到ったように思う。

私は何も言わなかった。

大キク膨レタ軀ヲ厭ワズ
自分ノ体力ヲ　アクマデ信ジテ
三十有余年
遂ニ　初メテ臥ス
カミノイタズラカ　アクマノタワムレカ

マサカノ病ヲ得ル　夫モ子モ　タダ茫タリ

十月八日

早朝、娘蕙子《けいこ》帰る。昨夜の電話のとおり東京を始発の「こだま」に乗り、八時三十分T駅着。栃木の合宿先から、ゴルフクラブの男子学生が、猛スピードで送ってくれたので、首尾よく乗れたとのこと。その学生は山道の堀を車で飛び越したことがあったという。

久しぶりに親子三人が揃っても、笑顔は落ち着かない。雅香がしきりに気にするので、私は、一度出勤する。ＩＢＭの子会社のＴ氏と約束通り会う。すぐ帰宅。

十時三十分。いよいよ雅香と三人で病院へ向う。

病室に案内されるまで、冷たくかたい木の椅子に、刻々ときざまれていく長い刻《とき》を待たされる。雅香は気丈で、外見は元気。やっと病室に入り、娘がこまごまと持物を納めるのを、病人はしきりに自分でやろうとする。

私はじっとして居られず、外科に陸軍幼年学校出身というＳ副院長を尋ねる。医

師は温顔の紳士で、

「できるだけのことはいたしますから」

と、きまりきった挨拶でも、この際何でも、とにかく誰かと、できることなら医師と話がしていたいという焦燥感にせき立てられていた。

病室に戻ると、雅香の昼食がくる。

未だ病人食の用意はなく、米飯に、おかず。殆んど食べられるものはない。料理の好きな雅香は、「病院は病院、辛抱が当り前」と箸のいらない目だけの食事を済ませる。

イキイキト　ゴチソウヲツクリ
重イタンスデモ　ナンデモ
ナントカシテ　ヒトリデ運ビ
言葉ナシ

自ラニ　常ニ過酷ヲ求メテ
愉シムヲ求メルニ　似タリ

雅香が入院してしまうと、私には家の中がまるで見知らぬ所へ迷い込んでしまったように思えるのだった。なにをすればよいのか、うろうろするばかりである。私は自分の家を諦めてM百貨店へ行く。パジャマ、タオル、マナイタ、ナイフ等、病院の日常にすぐ要るものを買う。

雅香は、おやおやという顔で私の買ってきた物を見るが何も言わない。

浪費ヲ知ラズ　金銭ハ僅カニ貯エ
自ラニ用イルコトナシ
姿ハ白ク　声晴朗
童児ノ邪鬼ナキニ　似テ

社交ヲ知ラズ

自ラヲ棄テル道ヲエテ
他ニ欲スルモナク
コノ天心ニ与エラレタル
篤キ病ノベッドに
微笑アリテ　儚シ

私は、落ち着いているつもりだったが、妻の目にはどう写ったか。さぞ、情けない、頼りない男に思えたことだろう。雅香は、こうなるこの日まで、いったい私を当てにしたことなどなかったのではないか。

とにかく、私は内心の不安を匿そうとしていたのだが、傍目にはさぞ、あたふたしていたことだろう。

「落ちつけ、落ちつけ」

と、自分で自分を励ますことさえ覚束なかった。

それは、私が小心者のくせに、普段から無用心が美徳であるかのようにうそぶき、実際私の心の中には、戦後の、理不盡な苦難の暮らしに対しても、ある居直りの心境であった。誰にも言わない心の底で、私の家は、国のために犠牲を盡《つく》した者の子孫である。国は亡びて、何ら報いられることはない。しかし、私や私の子供が、かりにも人を裏切るような行為をしないかぎり、私たちが困るようなことは起きる筈がない。この人間の世とはそういうところだ。と、不遜とか、傲慢などを超越した一種の信仰、それが自分だけのカミであるかのように信じていた。しかし、自分だけのカミなどという都合のいいカミは、この世にあるわけはない。カミは漂動し、彷徨するのだから、私は自分の都合で、そのカミの後を追いかけていたのに過ぎなかった。折角世話になった会社が繊維不況で倒産しても、また新規やり直しで小さな事業所の事務員のようなことでも、一生懸命やるだけで何となく他人事のようだった。だが、何とでもなるというそんな現実からの逃避をいつの間にか私は窃かな信仰に仕立て上げて暮してきたのだった。

私は、いま、その自分の信仰が、砂山が崩れ落ちるように脆いものであることを知った。私は、この自分だけの信仰を重んじたために、貯金をすることもしなかった。

そんな私の友人に、共産党を名乗る正義漢を自認している男がいた。ところが、私は彼が、株式投資をしていると聞いて、

「共産党員は、自分のために蓄財するのかね」

と揶揄したことがあった。

彼は私の言葉を覚えていて、ある日、手に菓子箱をぶら提げて現れた。

「これ、配当金だよ」

と、箱から饅頭を取り出して、彼の黒い顔に白い歯がこぼれた。

「自分のことで、他人に迷惑をかけないように、老後のことは自分で考えなくちゃあね」

と、彼は言った。

福祉国家などということは口で言うことであって、その呪文を唱えることで何か

現実の利得が我ものになるのでなければ、それは、単なる空想にすぎないとその友人は言った。

成る程、共産主義の理論よりも、それ以上にその共産党員の友人が信奉しているものは、あくまでこの世の現実であった。つまり共産主義者はリアリストであり、そのために打算的に生きることこそ彼に必要な、人間的要素なのだった。

彼に以前、ボーヴォワールの『他人の血』を貸したとき、

「きみのような人がでてくるね」

と、彼はあまり興味なさそうに静かに笑ってその本を返してくれた。

だが、私の社会主義はもう少しストイックなものだった。何しろ私に社会主義を教えてくれた須藤さんという弁護士は、京都大学の河上肇博士を慕って経済学の勉強をした人だったからである。

河上肇博士の社会主義はもともと人道主義から出発したものだった。最初、博士は無我の愛という運動に共鳴した。

無我苑に入った河上博士は、無我というからには、自分のことを少しも考えては

ならない。そこで博士は寝《いね》ず、食せずに働いて、一週間で倒れた。倒れてはじめて彼は、人間はいくら無我といっても寝ること、食べることだけは最低自分のために必要だと悟ったという人であった。

河上博士に私淑した須藤さんは、のち、自分に財産があってはならないと考え、地方の素封家の田畑を全部売り払ってしまう。それでも

「もうこれで、何もかもなくなるという最後のときは少し淋しかったね」

と須藤さんは、若い頃を懐かしむように笑ったことがあった。

河上博士にマルクス経済学を学んだ須藤氏は、卒業しても就職できないので独学で法律の勉強をして弁護士になった。

私が須藤さんと知り合ったのは、ずっと後のことであるが、須藤さんはいつしか私の人生の師、須藤先生になった。

あるとき、私はその須藤先生に法律というものの根源は自然法ですかと聞いた。須藤先生は、一瞬、えゝっというような顔をされた。それから、ちょっと間を置くように、ゆっくりした口調で

「キミ、法律は社会学だよ」

と、少し困ったような、或は哀れむような眼差しで私のほうにちょっと目を向けられた。

私は、河上博士の貧乏物語を読んだ。続いて第二貧乏物語を読んだ。ははあ、これが社会主義なのかと遠景を望遠鏡で見るようなつまり一知半解ではあったが、続けて資本論を読んだ。

そう、商品の価値とは、その商品を生み出した労働の量で決まるというのである。現在では工業が発達して手工業から機械生産になったのだが、それで減価償却費というものが出現したけれどそれも、源は人間の労働が転化したものである。

そこで資本家は、先ず自分の資本で、物、つまり労働力を買う。その買った労働力で製造したものを製造費より高く売る。つまり、製品を価値以上に売ることができる。この価値以上に売った利益こそ、もともと労働者が生み出したものが、何の疑いもなく資本家のものになる社会の経済的仕組みだということなのであった。

これに反して労働者は先ず生きるために自らの労働を売らなければならない。そこで売った労働の対価として金銭を受取り、明日の労働のための生活資糧を買う。労働者は資本がないために先ず自らの労働を売ることから始めなければならない。つまり、自分の資本で物を買うことから起動する資本家の生産形態が拡大再生産であるのに対し、労働者は、自分の労働を売るだけの単純再生産である。

これこそ資本家が労働を搾取することができる社会基盤であり、労働者はその日暮らしであるという現実なのだ。これが、この世の仕組みというわけだ。

私はなんとなく解ったような気がするのだった。

それでもこの程度の私が、労働組合へ講義にでかけた。

会社で労働者が働いて生産した価値、つまり剰余価値は、労働賃金に地代家賃と支払利息、それに利潤を加えたものである。

地代家賃と支払利息は、資本家の資本が不足したために支払うのであるから、労働者がそれだけ余分に価値を生み出さなければならない。だから、その分は元来労働者が受取るべきものである。

資本主義だからといって会社が、地代と利息を支払って赤字になったから、賃金が支払えないというのは、資本家の責任であって、それこそ支払われるべき労働に対する搾取である。地代や利息を払って会社が赤字だといっても賃金は当然支払われなければならない。これがマテリアリズムの経済学である。

私は、こんなことを喋った。

ただでこんな話をして歩いても、私自身が労働者ではなかったから、私は革命戦線にいるわけではない。せめて、自分のための金儲けには、なるたけならないようにすべきだと、これが河上博士に繋がる潔癖な人道主義だと、まあこんなふうに考えた。

私の社会主義の出発点はここにあった。

だが、私は、軍人の息子だったこと、自分が労働者階級でないこと、須藤先生のように弁護士として社会的弱者を救けることもできないこと、この世で認められるような存在価値が私にはなかったことで、私は、自分が金儲けに背を向けていたこと、女に対して精神的な愛に向わなかったことを、何とか正当化しようと、心のどこかで思っていたのではなかっただろうか。

しかしあれから二十余年も経って雅香の病気に直面した今、そんなことを考えている遑《いとま》は、私にはなかった。その上、身勝手な自分の信仰を失って、頭の中はガラガラと音を立てて何かが崩れていた。手は空を掴み、足元はまるで低血圧症のようにふわふわした。

すべての原因は突然の雅香の病気にあるのだが、それも雅香が悪いのではない。雅香を病気にしたのは、私だ、という思いが、時間がたつほどにますます肥大化し、その確信は、動かし難いものになっていった。

つまり、雅香から見れば、雅香の知らない、まるで何の当てもない無意味としか言いようのない思い込みを密かにカミだの信仰だのと思い込んで生きているような夫の相手を、そんなこととも知らずに二十何年もしてきたのだ。彼女にとって、それは信仰どころか、たとい信念だと言われたところで迷惑至極な、それこそただ仕方がないというだけの現実だった。そのために反って彼女は、今自分の身に何事が起きようと何処に向って誰に対しても、常と変らぬ、落ち着いた度量がいつの間にか身についたのだ。

だから、私を狼狽させたものは、決して病気になった雅香ではなく、その病気が、まるで全く助からない病気だと、平然と宣告した医師なのだ、と、私は自分に言いきかせるしかなかった。

仮に私が日常生活で、自分の利益を考えず、そのために常に少数であったとしても、それが自己犠牲の精神だと思ってきたことは、ただの利己主義であって、自分の懶惰《らんだ》と安逸の口実にすぎなかったのではなかったか。私はどうも、自分がとんでもないインチキ野郎ではないかと気がついたのである。つまりインチキ野郎に与えられるべき天罰を、きっと雅香が身代りになったのだと私は思った。

真実でないものは、いつかは露見する。私が心のどこかでいつも恐れていたことではなかったか。私は、雅香の病気がどうなるのかわからないまま、自分の生きてきた道程を全部まっ黒く塗りつぶす作業から始めなければならないと思った。それは戦争に敗けたとき、中学校で歴史の教科書を塗りつぶした日に私の心を圧迫した暗黒の比ではなかった。

もう二十五年も昔のことになってしまったが、私はふと立寄った会社で雅香を知った。そのとき何となくどちらともなく魅かれるものがあったのかも知れなかったが、ただそれだけで別れてそれきりになっていたのが、ある日、N電鉄の地下ホームで、ばったり出会って、思わずアッと忘れていたものを二人同時に思い出したのだった。偶然が、私たちを引き寄せた。私の行き先と雅香の行き先とは、反対の方向であったが、自然に私は雅香と同じ電車に乗っていた。

雅香の後ろについて私も電車を降りた。私たちは、いつの間にか明治村に来ていた。何を話したのかまるで想い出せないが、古い市街電車が懐かしいチンチンと音を鳴らして走っていた。

「次は北海道！」威勢よく車掌は声を張り上げた。

雅香と私は再びN電鉄に乗って、犬山遊園へ行った。犬山城の北側を木曽川の流れが陽光をキラキラ散らしていた。ほんの戯れのつもりで私たちはボートに乗った。私は漕艇に多少の自信があった。

ところが、少年の頃の感覚は疾うに失われていて、いくら漕いでもボートは思い通りに進まなかった。それどころか、岸へ帰り着こうとすると、ライン下りの客の歓声をのせた遊覧船が、次々に横波を立て行手を遮り、私たちのボートは対岸へ押し戻されてしまう。

「危険ですから近寄らないで下さい」

と書かれた高い崖を見上げて川面に目を移すと、濃緑の水面が急に鉛色に見えるのだった。

「私たち、きっとこのまま、帰らなくてていいのよ」

雅香は嬉しそうに声をはずませた。

やっとの思いでボートから上がると、どこからともなく

「僕の恋人東京へイッチッチ」と守屋浩の歌声が流れてきた。

犬山遊園から電車でもう一つ向うの鵜沼に雅香の働いている会社があった。

雅香は、その紡績工場で舎監をしていた。だからこのまま別れても雅香が東京へ行ってしまう訳ではなかったのだが東京へイッチッチと唄をきいていると何だかこ

れきり雅香がどこかへ行ってしまうのではないかと私は思った。

雅香は色白で少し頬が張った感じでフランス映画のミッシェル・モルガンのようにきれいに眉を引いていた。恋ごころなんていう優しい気持ちだったのかどうだったのか。それでもこのことがあって、私が結核で寝こんだとき、私は彼女を呼び寄せることになった。

「あなたは誰でもよかったのよ」

彼女は後に私との間に何か蟠《わだかま》りができるとそう言ったが、私はそのたびにあの時の守屋浩の東京へイッチッチと、夜間割引の映画館で何度も見たミッシェル・モルガンの眉をきれいに引いた横顔を思い出すのだった。

雅香が私をどう思っていたのかわからなかったが、雅香は、私が触れると瞬間痺れたようになった。私は、不思議な変化に惑わされ、そっと手を延ばしてみるのだったが、彼女は横目で私を睨むように流し見てふっと目を閉じるのだった。

抱かれた後で、雅香は、まるで何にも憶えていないから恥かしい、と言って抱かれることを嫌がったが、彼女は睡魔に逆らうように顔をそむけて、目を閉じるのだった。

私は、経験が足りないため、このことが体質なのか、精神的なものなのか、これが愛の問題のうちであることは慥《たし》かであるとは思うけれど、愛とはこんな形に顕れるものなのか、雅香と私のこの関係は、何か不可思議な生き物の出会いというのだろうか、まるでわからなかった。

ただ、私は窃かに、人間がわかり合えるものとは思っていなかった。そのオプテミズムが自分の生存を保ってきたと考えていたので、雅香の他にも私が、惹かれた女性は、物言いや肌の感触であって、考えていることにお互い熱くなるようなことは残念なことに経験がなかった。

昭森社からでた黒田三郎氏の『ひとりの女に』という詩を読んだとき ― 馬鹿さ加減が　丁度僕と同じ位で　貧乏でお天気やで　強情で ― とそこだけは共有できたので、私は人並に感動した。けれど俗際を行き来していた私には、夢に出ることもない世界だと思った。

どういうわけか、私は、裕福な女には縁がなかった。

その点からだけなら、いつも現実がある女より、通俗でも男の私の方がロマンチストでそれも社会主義のようなものだと言えるのではないか、と言いたいが、私はただ貧弱な虚栄心がそうさせただけだったのだ。本当は、私の孤独が充たされさえすれば、雅香の言うように誰でもよかったのかもしれなかった。私だけではない、孤独とは通俗のものである。

ベッドで雅香は背を向けていた。

眠っているのか雅香の背中はじっと動かない。

雅香の胸に去来するものを私は共有しようとしているのか。この私は今、何うすればよいのか。

とにかく、こともなげにあの電子音のような声で死の宣告をする若い医師からは逃れなくてはならない。と私は思った。

病室をそっと抜け出した。

受話器を手にした。

電話の向うに保田さんの声をきくと、何故か、ほっとして、昨日、今日の出来ごとを話した。

保田さんは以前中央官庁から地方勤務のときがあり、N市の囲碁クラブで知り合った。今は、退官して、ある監査法人の役員だった。私より四・五才の年長であった。囲碁の腕前は、年の分だけ保田さんの方が少し上だったが、二人とも自分の地《ぢ》にこだわらない棋風だったから、いつも振り替りの多い面白い碁になった。

保田さんは非勢に陥ると、

「人間はね、いざというときにはね、できる限りの手を盡くさなくてはいけないね」と独り言のように呟いて、頑張ってくるのだった。

もし、雅香の病気が、若い医師が言うように本当に駄目ときまったものならば、私はどうすればいいのか。人はいざというときは、できるだけのことをしなければいけないねという保田さんの声が、ふっと、夕焼空のように私の心に甦った。

「友人の医師に、すぐ相談してみよう」

保田さんのきっぱりした声を聞くと、情けないことに私は涙がでた。

もし、軍人だった父が生きていれば、妻の病気でだらしない泣き顔などできないだろうに、それでも、私は涙の後から涙が落ちてきた。

夜、保田さんから電話があった。

「東京のA病院か、S病院か、とにかく安心できるとこで、手を盡して貰ったら、どうですか。すぐ頼んであげますよ」

一も二もなく、私は、お願いした。

病院へ戻ると、雅香は夕食を終っていた。

「東京へ行こう」

私は何故か頼むような声になった。

「ここで、いいわ」

と雅香は、さらっという。

「東京がいいと言ってたじゃないか」

病室内は、当然ながらいかにも病院へ入れられたという雰囲気で、同室患者の、静かな収容所といった暗さに、このまま雅香が吸収され、またたく間に、この室内の固形の一部分になってしまうのではないかと、思われた。

雅香は、掛布団を引きあげるようにして、顔をかくしてしまう。

「気分も変るから、行こうね」

ふとんの上から言葉をかけ、完全看護というつまり付添いのできないきまりにたすけられるようにそっと病室を後にした。

夜、娘が風呂からあがると
「ねえ、お母さんは、昨日まで、あんな軀でおふろの浴槽《ゆぶね》を洗い、今朝洗い板を表に干して行ったなんて……あんなにお腹が腫れてたのに……」

と、まるで、深い渕の底をのぞき見るように、こわごわした声で言う。

再び電話で、保田さんと病院のことを相談する。保田さんは、A病院の院長が親友だから方針をすぐ相談してくれるということになる。

十月九日
朝、病院。雅香にラジオを届ける。

病室で一夜を過した雅香は、病人であることを自覚させられたように、すっかり病人の顔になっていた。

「病院のことはあなたに、お任せするわ」

と、何かもう諦めてしまったような静かな微笑をもらして言う。

あの気丈さはどこへ行ったのか。

一旦帰宅。

十時。保田さんから連絡を受け、A病院へ電話する。

受話器の向うで、A院長は、柔らかいややトーンの高い声で、しかし、はっきりと
「お引き受けします。保田さんから、よく聞いています。「がん」の方、大勢いますよ」と、むしろ明るく何事でもないように言ってくれる。

雅香のお腹が腫れて来たのは、梅雨も過ぎ、庭で蝉が啼き出した頃である。もう三ヶ月にもなる。それでも雅香は、「私は大丈夫」をくり返し、病気を疑うことな

ど全く思いつかなかった。

最初の現象は、下痢だった。

「昨日、冷たい牛乳を飲んだせいだわ」

と、雅香は好物の甘いものにも手をつけずに、少しばかり辛抱することで、日ならず好くなると思っていた節がある。そのうちに夏の暑さも遠ざかる頃、だんだん腹部が腫れてくるが、食べ物を控えることで下痢はよくなった。

「中年になると、いやねえ。どんなことしても、お腹が出てくるんだって」

かつて、華奢なスタイルがいささか自慢だった時があった頃を、しきりに思い出しているようだった。

そんなときも、まさか、私は、全く気にしなかった。それに雅香は軀を私が触れることを拒んだから、私は彼女の軀を見ていなかった。

それが八月も過ぎ九月もすぎて、秋風が冷たくなり、十月に入ると、いくらなんでもどうもおかしい、ということになった。それでも本人も私も、蚊にさされたと思ったら蜂だったたくらいにも、思っていなかったのだ。

雅香の病状は、内科だけでなく、婦人科の所見の結果で、ガンの原発が卵巣であることが判る。

婦人科部長のＩ先生に面会する。

Ｉ先生は女性関係で何かと取り沙汰されていることは知っていたが、会うと大変立派な風格さえ感じられ、朴訥とした学究の徒を思わせる人だった。

「卵巣ガンの三期で、かなり進んでいます」

医師は、一旦言葉を切って

「おにぎり二箇分くらいの大きさです。骨盤に付着していて、押しても動かない状態になっています」

Ｉ産婦人科部長は続ける。

「卵巣ガンは、自覚症状がないので早期には殆んどわかりません。そのために、腫瘍が大きくなり、腹水貯留を見て、はじめて気がつくのです」

Ｉ部長は一息ついて、ちょっと私の方へ顔を向けた。

「腫瘍の良性、悪性やガン組織の型や拡がりは、手術する前にはわかり難いのです」

それで、実際にはどういうことになるんですか、と私は何もかも始めて聞くことばかりなので、頭の中の整理がつかぬまま質疑応答のような聞きかたになった。

「手術で切除できれば、取り去ることもあります。腹水細胞診や腫瘍マーカーで、粘液性ガン、腹膜偽粘液腫、卵巣絨毛ガンなど……つまり手術療法にしても、化学療法にしても治療をはじめる前の検査でできるだけ組織型と病巣の拡がりを確かめる必要があります」

……つまり何を聞いているのかさっぱりわからないのだった。

とにかく、「手術療法」と「化学療法」とがあることがわかったのだが、医師の説明では、化学療法もかなり進歩しており、薬物のよく効く場合もあるから、全く望みがないわけではない。この病院でも、ここ一年に二十例くらいあるから、信頼して貰いたい。という主旨のようだった。

病室に戻ると、雅香は

「子宮ガンなんだって」

と喜びをかくさず、朗らかな声でにっこりする。

自分で医師に
「ガンですか?」

と問い
「かも知れませんね」

という答えが、若い産婦人科担当医師のものだったから、突差に子宮ガンだと思い込み、それなら根治の可能性が充分あると、すっかり安堵したのである。

つまり産婦人科でガンと言えば、子宮ガンくらいしか知識がなかったのである。

こんなやり取りがあった上ではあったのだが、I医師に、すでに転院の用意をしてしまっていることを話すと、彼は快く、

「もし東京ならG医大かK病院が、この病気の手術の症例も多いから」

と、ここを立ち去り難く感じられるほどの親切に、白衣が目に染みるような言葉だった。

最初の若い医師に対する拒絶反応と、このI医師に対する思いの間で、私の心は行きつ戻りつしていた。
決心がつかぬまま保田さんに電話を入れる。
会議を抜け出して電話口へ出た保田さんに、G医大かK病院との話を伝えると
「A病院の院長は、K大の出身ですよ、だから、今後のことを考えれば、やっぱりそこが一番いいね」
保田さんは一度言葉を切って、少し考えるように間を置いて
「実はA院長もね、原発は何だろうかと、しきりに気にしていたから、すぐ電話してありのままを話した方がいい」
と、静かに落ち着いた声が伝わってくる。
こうして、結論はでたが、それでも私は何処かに不安が纏わりついていてどうすることもできない。
A院長に電話をかける。原発が「卵巣」であると伝えると、A先生は
「そうですか、そうですか」

とだけ答え
「K大には、いつでもコンタクトがとれますから、(いつでもいらっしゃい)」

と、いうことでそれが結論になった。

何となくほっとしたようで、それでいて、やはり得たいの知れないものに追いかけられている。これが自分のことでなく、妻の雅香の身の上に起ったことなのだからつまりは、ひとのことなのだから、もう少し冷静になれないものだろうか。と、そんなことさえ思いつく間もないように、私はどこへともなく行きつ戻りつ、ただウロウロと歩き回っているようだった。

ふと気がつくと、すでに夕食の時間である。病院へ戻る。

雅香にA院長のことなどを話すのだが、話す方も聞く方も真黒い雲に蔽われた闇の中で、足もとは泥濘《ぬかる》みにとられ、降りしきる風雨の中で何かを聴こうとしているようだった。

いったい私と雅香は何を話し合ったのか。雅香が、もう成り行きに任すよりないと私に向って、放げだしたものを、私はどう受け止めようとしたのだろうか。

ただ無為に疲労を覚える。私は一人で息急《いきせき》きって、手応えも感じられないままに切符を手にしていた。

東京へ。

十月十日
朝。病院。

雅香、元気なし。子宮ガンだと独りで安心しようとしたのだったが、生来のカンで、何か違うと五感のどこかが波立っているのではないか。

荷造りに家へ帰り、日通へ寄り、駅弁を買って病院で昼食をとる。

雅香はおかゆを少しと、弁当の中のしいたけ二個を食べる。

十二時半頃I医師から、転院先への紹介状は、看護婦詰所へ置いてあるからと言われ、受け取りに行く。

午後、旅立ちのための雅香の支度をSデパートへ買いにいく。大きく腫れたお腹でも着られる洋服がなかなか見つからない。娘がやっと探し出したのが、案外雅香の気に入る。

いよいよ、明日は出立というのが、やはり何でもない小旅行とは思えない。戦争に行った父の門出を思い出す。これは、やっぱり人生の戦争なんだと思う。だが闘う相手はどこにいるのか。

夕食にすしを買う。せいご二個、卵二個、雅香そっと笑みを泛べて食べる。

十月十一日

朝八時、家を出る。病院で車椅子を借りる。雅香着替える。

病院の東門に不法駐車が二台で出口を塞いでいる。

警察の交通課に処置を依頼するが、なかなか埒が明かない。

前日、私がちょっと病院の門前に停めたときは、待ってましたとばかり「違反」キップが車に貼られた。私は病人を待たせていたので、どこかへ停めなければならず、他の車の通行の妨げにならないように工夫して止めたのである。

しかし、交通課員は現世のことを知らない土偶のような顔で、頑として聞き入れなかった。それが今度は立場が、あべこべになり、その上に病人の車が出られない状態である。

ところが、本当に悪い者には警察がごく穏やかな物わかりの良さで、病人の乗る列車の時刻が気になる私だけにイライラが募る。漸くただの「警告」で、出口を塞いでいた車が出て行った。

交通課の巡査までが、暗転した、雅香の運命につけ込んで、悪魔の手先のように蔽いかぶさってくる。私がこの悪魔をなんとか払いのけようとしていると、

「昨日は、生憎、県警から視察がきていたもので」

と、こともなげに、交通課員は弁明する。

病院で借りた車椅子を積んで、漸く出発する。新幹線のホームにはエレベーターがない。駅員が三人で車椅子の病人をホームに運んでくれる。警察官とのやりとりの後だけに、こちらは地獄に仏のような親切が感じられる。

十時四十五分。こだま四一二号に乗る。

十一時五十二分。三島で富士山が見える。「美詩真弁当」を買う。雅香も、いく

ぶん食がすすむ。

十二時五十五分。東京駅着。駅員が車椅子で出迎えてくれる。無口の人で、殆んど何も言わぬが、黙って押してくれるだけなのに、車椅子は病人に和む。

東京駅にはエレベーターはあった。が、ホームのはるかはずれで、車椅子に迫《っ》いて行く私も娘も、手荷物に負けそうな距離である。健常を失ったものの味わう空はどんよりして、秋雨が一つぶ又一つぶというようにゆっくり落ちてくる。東京駅南口はがらんとして広いが迷路を行くように出口は遠い。

すぐ病院へは入れないので、A病院の前のホテルに、辿り着く。午後二時。

雅香ベッドで眠る。娘も寝る。

明日は十月十二日。いよいよ雅香はA病院へ入院する。これからが本当の勝負がはじまるのだが、振り返っても何も見えないくらい、もう随分遠くまで歩いてきたように思える。

病ハ闘イナリ　ト言ウニ

負ケルコト好キ　ト
コエスミ
小首ノヤヤカシゲテ
朗タリ
アワキマナザシノ　同意ヲウナガスゴトシ

病ハタタカイナリ
コレノミハ　負ケルコトアタワズ
病ハ　タタカイ　ナリ
負ケルコト　アタワズ
シカレドモ勝負ハ　運ナリ

マサカハ闘イ、闘ウ
キリキリト闘ウ姿ヲ信ジ

タタカイ　タタカイ
タタカイテ　ヨミガエル
マサカ　ヲ信ジテ
讃エル

人間は、いざというときは、できるだけのことをしなければいけないと、保田さんは、烏鷺《うろ》をたたかわしながら呪文のように言った。今それは、私にとって囲碁の世界どころではなかった。私の傍らに夢見るような浅い眠りにある雅香の、予見できない運命に対して、私にできるかぎりのこととは何か。私に何ができるのか。

私は、妻と娘の寝顔に、にっこりして見た。

いったい、人間には、人を救うことができるのか。私はB型で、雅香はA型である。私の血では輸血もできない。

咄嗟に線路に飛び込んで、他人の子を救う母親の勇気は、どこから湧いてくるのか。しかし、この際、私にどんな勇気があればいいのか。たとえ私に勇気があったとて、自分の妻一人の病気に、こんなに囚われて、何のための勇気なのか。私に何ができるのか、私は何か考えなければならないのに、私は考えることができなかった。私は、ただ何の力もない蜉蝣《かげろう》のような生き物になってしまったのだ。雅香と、娘の寝顔にもう一度、蜉蝣の私はにっこりして見る。

雅香と一緒に暮らしだした頃、雅香の父親が訪ねてきたことがあった。雅香の父親は口元に笑みを泛べてガランとした四畳半で、何か一言いった。若かった私は、忽ち、その微笑を贋と断じた。雅香の父親は、室内を見廻すようにして、更に口もとを緩めた。それは、いかにも貧しげな私たちに対する憐憫か、或は、雅香に対する肉親としてのやさしさかも知れなかった。だが私は何故かその微笑みを拒否しようとした。私は、この人が、どうしても、私と暮らしている女の父親だとは思いたくなかった。

私の父親は戦争で死んだ。雅香の父親は、自分の娘のことだけを心配して、見にきたのだ。私の偏見による予見を、私は疑って見る遑《いとま》さえなかった。だから、私に向けられた贋モノの微笑に一直線の怒りを感じた。父親のいない暮しをしてきた私は、人の父親に接する所作を知らなかった。ただ私には、本当の微笑みなどないのだという思いだけだった。

雅香の父親とは、それきり一度も会わなかった。

雅香と娘の寝顔に向けた私の微笑みが、何故か三十年も昔の雅香の父親の薄笑いのような笑顔を思い出させた。

私は、その重なり合った笑顔から逃れるように、はじめて雅香が私に抱かれたときのことを思い出そうとした。部屋の中は寒かった。雅香は、熱く、やわらかかった。

熔けた雅香の軀は、目に見えない形で、私に寄添っているようで、存在を失いながら、それでいてしっかり芯があった。だが、その小宇宙の遊泳は何かを掣《ひ》きよせようとしていて、微笑みどころか何故か真剣だった。

今、触れることもできない、寂しさと安堵の入り雑った雅香の背に、私は、私の笑顔を向けることが躊《ため》らわれた。

飛行船

朝、七時に起きてサツマイモを蒸す。あれは何というものだろう、底の深い蓋付きの鍋のようなもので、底の方に仕切りがある。水を入れて、仕切板の上に芋を置く。もちろん鍋の蓋をする。こうして二十五分蒸す。

雅香が家にいたときは、私は台所へ入ったことがなかった。日本の家では、男が台所へ立たない習俗があった。これを男は外で大切な、或は困難な、仕事に立ち向かっているのだ、一歩外に出れば七人の敵がいる。だから女が家を守らなければならないという男の勝手な社会が、そこにあった。と、ややこしく言うことはできるが、台所にはちゃんと女の世界が存在していて、男が立ち入ると、邪魔者扱いを受けることだってある。

稀に、料理の好きな男が、日曜料亭などと称して家族の夕飯の仕度など始めると、

「お父さん、どこか、他所へ行っておやり下さいな、お願い」

などと懇願されたりする。

しかし、私は、そんなことは一度もなかった。お茶を淹れたこともなかった。

だが、雅香がいなくなって見れば、男の仕事も女の仕事もなかった。コンロとい

う奴は、二つ並んでいる。右側で、芋を蒸す間に左側で、野菜ジュースを温める。オーブントースターというのか、桟のある電熱器で、パンを焼く。

リンゴを半分に切る。それをさらに半分に切る。指先が冷たい。つまり四分の一は雅香の朝食である。パンは一枚焼いて、それを三分の一くらいに切り、さらに斜めに二つ切りして、リンゴと並べて皿に乗せる。二十五分間のタイマーの音で、蒸した芋ができ上がる。鍋から取り出すとき、こっちは熱い。芋の真中あたりを一センチ程輪切りにして皿に添える。

リンゴを切るとき大きさが斑《むら》になる。雅香の皿に乗せるのを、小さい方にするか、大きい方にしようかと、つまり僅かのことを不思議に毎朝チラッと思う。雅香は実際に食べる訳ではないから、小さい方でよいと思う一方で、それも何だか今更ケチなことだと思い直す。しかし、野菜ジュースのカップは、小さなデミタスである。

こんな毎朝を、十五年も溯ると昭和六十二年になる。

昭和六十二年

雅香は八月頃より下痢症状があり、九月腹部膨張が進行。十月に入りT市民病院へ入院。十月十二日東京のA病院へ転院。

十月十二日

午後二時、東京のA病院へ入院する。雅香が、最初に喜んだのは、おやつだった。公立病院の機械的に運ばれてくる冷たい食事に較べると、小さなおやつのプリン一つが、どんなに患者の心を慰めることか。何気ない年若い看護婦を、やさしい親切な、美しい人だと思い込んでしまう。

病室の窓の向うは川が流れている。とき折、水鳥の親子が水掻きでかすかに水を散らして行きすぎる。

ふと、見上げると飛行船がかなり低空で、紐でぶら下がっているように浮かんでいる。「コダック」とカメラ会社の名が赤くはっきり読みとれる。

すぐ険査が始まる。

超音波腹部検査、胸部、腹部レントゲン。血液検査、心電図、血圧、抗生物質反応検査三種。矢継ぎ早やの検査に続いて点滴を打ちながら腹水を抜く。四時から六時三十分までかかる。

血液検査の結果　WBC（白血球数）一一、一〇〇。　CA一二五（卵巣癌特異性）七二七。

とか、何項目かの検査結果は…。しかし、何のことかさっぱりわからない。

十月十三日

朝六時起床。七時、私は宿泊しているホテルのコーヒーハウスで朝食をとり、病院へ行く。八時五分、前夜病院へ泊まった娘蕙子《けいこ》は久しぶりに大学へ行く。雅香は昨夕腹水を抜いて少し楽になり、笑顔で見送る。

CTスキャナのため、病人は朝食が食べられない。十時、A院長の回診がある。A先生より、今夕K大より専門のN先生がくるから、N先生の診断の後で、よく相談して今後の方針を決めようということになる。

十二時三十分になって、漸くCTスキャナの順番がくる。午後一時、お腹をすかして雅香戻る。が、昼食はあまりすすまない。三時のおやつ、ダイナゴンはおいしく食べる。体温三十六、九度に下がる。

ここへ入院する前に、駆け込むように世話になったT市の市立病院から、最初の検査データが届く。しかし、医師は忙しくて、電話に出られないとのことで説明は受けられない。

だが、検査結果の、説明を聞いたところで、いったいどうしたというのか。昨日、西の空が真赤な夕日に染まっていたが、あの日から一週間、私たちの生活はすっかり病気の色に染まってしまった。とにかく、寝ている病人をとり囲むように、白衣が、あわただしく、運命の入れ替え作業をしているのを、ただぼおっとみているだけだった。

夕刻七時。A院長が、K大のN先生と来診。N先生の触診、CT、細胞診等を総合して、

一、すぐ開腹手術を行い原発病巣を剔出する。

二、一度開腹して病巣をみて化学療法を行う。
三、まず化学療法である程度の治療を行い、腫瘍が小さくなるのを待って、出来れば剔出手術を行う。

と、この三案のうち、A院長は即座に「三」をとられ、N先生も同意する。A院長はもともと外科医ながら、むやみに手術することを好まれない人で、一度切ったなら、ゴルフでいう結果オーライでも何でも、とにかく余後がよくなければいけない。という考え方である。

N先生は、A病院の担当医S医師に化学療法や、治療の観察、連絡など、今後の指針を詳しく説明する。

A先生、N先生、それに担当医のS先生が病室を後にすると、雅香は、にっこりした。

ほっとしたのだろうか。しかし、雅香の笑顔は、これからの不安を一瞬でも忘れた、不安と不安の、隙間を覗いた微笑みかも知れなかった。私は何故か、もうずっと遠くなったように思える雅香とはじめて邂ったときの彼女の笑顔を思い出した。

雅香は白粉気のない、透徹るような白い顔をやや上向けて、眉も、唇も薄く、目はぱっちりというのではなかったが、それでも何かぐっと近づいてくるような感じを仄かにたたえて、

「あらこんなところで」

と、はっきりと波長の感じられる声で、にっこりしたのだった。

思いがけず、N市の地下鉄のホームで遇ったときのその笑顔は、しかし、少しはにかんで、やっぱりある寂しさがあったように、今思い出される。

だが、その雅香の笑顔の寂しさは、日本人が悲しいときにも笑顔をつくると言われるあの意味のよくわからない笑顔とは異っていた。

この病院が、どんなに立派な病院で、院長が親切で、立派な専門医がいて、担当医や看護婦が皆やさしく、何一つ不服のないことは、病人にとって、どんなに幸せなことだろうと、普通は考えるところかも知れない。

しかし、病人の幸せは、この病気が直るという前提がすべてであって、癒える当てのない病状で、手厚く看護を受けるとすれば、どんなに寂しいことだろうか、と

私には思えるのだった。

窓の外に、あの飛行船が浮いているのが今日も見える。

県庁所在地のN市で、雅香は小さな会社に勤めていた。その小さな会社で、総務も経理も一人で取り仕切って、頼りにされていたが、裏長屋のような安アパートに彼女はいた。

私は、ときどき一時間程電車に乗って、彼女のアパートを訪ねた。彼女は、痩身で歩くのも、何をするのも速かったが、部屋はいつ行っても留守だった。電話もなかった。


「困るということ」


好きな女《ひと》のところへ、片道切符でたどりついたが、その女の心はいづこ不在でした。

私は、林檎を探して、食べました。

お菓子の残りも平らげました。

その女が、いつになったら来るのかなあと思うと、好き嫌いということよりも、ただ困ってしまうばかりでした。

アパートの二階へやっと雅香が階段を上ってくると、軽い、しかしトットッとしっかりした靴音で、すぐわかった。

この安アパートの二階で、雅香と私は、よくけんかをした。とりとめもないことで、あるときは、ながらえば　またこの頃や偲ばれん　憂しと見し世ぞ　今は恋しき　などという歌の解釈がきっかけだった。それも、雅香は、ただ当り前に、「もし、長生きして思い出して見れば、この頃が懐かしく思い出されるでしょう、憂きことだと思っていたあの頃が、今恋しく思われるのだから」と、いうように受取って、別にどういうつもりでもなかった。

だが、和歌のことなど碌々わからない私は、今は、憂きことでも懐かしく思い出されるという雅香の何気ない言葉が、何だか無性に気に入らなくて、つまり当り前に言ったことが、あてつけに自分の不甲斐なさを指弾されているように思えたのだった。

なかなか彼女が帰って来なかったことと、腹が減っていたことが重なって、彼女だけは、唯一つの、たった一人でも味方がいるんだという孤独な心の緩みが急に軋んで、「ブルータスお前もか」などという、得体の知れない焦心が、あふれるように込み上げてきた。オマエは今、そんなに、オレとのことが鬱っとうしいのか、などと、わけもわからず、腹立たしく、悲しくなってきたのだった。こんなことで、二人の声はだんだん大きくなり、階下から文句を言われた。

しかし、我慢しきれずに思わず私が手を出すと、雅香の軀に私の手が触れた、そのとき雅香は不思議に、ピクッと魚のように動かなくなり、目を閉じて、薄く白い、寂しさで満ちた何か覚悟のあるような笑みさえ泛べるのだった。いつ眠ったのか、朝目醒めると、やっぱり雅香の、あの自分を主張するときとは裏腹の薄い笑顔と寂しい胸があった。

どうして、あのときあんな議論になったのか、どうせ新古今なら、一つ隣にある

「末の世もこのなさけのみ変らすと見し夢なくはよそに聞かまし」と、西行の歌か、更につぎの句

「行く末はわれをもしのぶ人やあらん昔を思う心ならいに」とか、これならと思うのだが、目にとまる歌一つの偶然にも運命があるということだろうか。

いつの間にか、二十五年の歳月が過ぎた。時空を離れたように、雅香の白い笑顔は、あの頃のままだが、ここは恋しく思い出されることなどあり得ない病院のベッドである。

十月十四日

まだ治療が始まらないので、雅香は食べることしか仕事がない。細々と働き続けてきた雅香が、今日も揚っている窓外の飛行船を見ているだけで、食もすすまない。それでも三時のアイスクリームと夕食にヒレカツ二切を、おいしいと言う。たとえアイスクリーム一匙でも、いつまで、このように食べられるのか、という思いが窓

をよぎる鳥影のように心を掠める。

十月十六日

午後四時。担当のＳ医師から呼ばれる。Ｓ医師は「治療をはじめるについて、患者に説明しないで欲しいと言われたそうだが、どういう主旨か」

と硬い表情で切り出す。

「せっかく、今は、とにかく食べられる状態なので、治療をはじめるまでは、余分な心配をさせずにこのまま、そっとしておいてやりたいのです」

と、私が言うと、

「そうですか」

と、Ｓ医師は一応は承知する。

が、このことは、実は告知の問題なのである。ガン患者に告知をするかしないか、これは社会的な問題のようで、実は当事者にとっては無実かも知れない死刑囚が判決を受けるときのような問題である。

一口に癌と言っても、ガンそのものにいろいろある。専門医の意見も一通りではない。しかし、概して若い医師は、「告知」するのが当然のような態度である。

癌は極めて治療の困難な病気である。この生還することが難しい病気であることを、患者にはっきり知らせて、患者自身に残された日々を有意義に暮らして貰うために告知は必要である。更に、患者にガンに立ち向って、強く闘って生き抜いて貰うためには、どうしても告知は必要である。

これは、その通りであろう、とは私も理屈の上では思えないわけではない。

それでも、私は雅香に
「キミはガンで、あと半年一年の覚悟が必要だから、暮し方を考えよう」

などと言えるだろうか。

「私、何もしなくてもいいわ、あなたに迷惑かけるだけだから、どうせ駄目なものなら、早く死なせて」

と、雅香は言うだろう。

「そんなこと言ったって、こうして折角いい病院に来て、癒《なお》ることだって、考えられないわけじゃあないのだから」

「ありがとう、そんな気安めはいいのよ、私に残された僅かの時間で、できることなんかないのよ」

「……」

「私のしたいことは、そりゃあ一杯あるわよ、私は、あなたや蕙子のために、毎日ご飯をつくるのよ、お掃除をして、洗濯をして、時間が余ったら、あなたに何と言われてもいいから歌を詠むの、絵も習うわ。でも、そんなこと、もうできないわよ。生きていたって、仕方がないのよ」

「外来まで来て欲しい」

と、電話が入る。

病人というものは、それだけでも「何か」不安の面持ちで私を見る。

外来にはA院長をはじめスタッフの医師が集まっていて、私はとり囲まれるように椅子に着いた。

はじめにA院長が静かに口を開いた。

「治療方法について、患者に言わないで欲しいというのは、どういう意味なんですか」

「先にS先生にお話しましたが、今のところは、落ち着いて食事もいただいておりますから、できるだけ、このままそっと見守ってやりたいという思いからです」

すると私の言葉の区切りを待つように
「私たちは、癌だということは、言いません。ただ、かなりきびしい副作用が、例えば頭髪が抜けるとか、つらい嘔吐気《はきけ》がくるとかいう治療になります」

S医師はここで私の方に目を向けると、

「これは、黙って行うわけには行きません、患者さんの協力がなくては、とても出来ない治療です」

と言い終ってA院長の方を見た。

A院長は私に話しかけるように、

「どうしましょうか」

と、ちょっと口元を緩められる。

「お任せします」

そう答える以外に、私には言葉がなかった。

「先生方を絶対に信頼しています。だから、頭の毛が抜けようが、どうしようが、それは大丈夫です。私から話せばわかるし、私の言うことに納得しないということはないと思います」

私が、病室に戻ると、ぼんやり川の流れを見ていた雅香がふり返り、何か言いたそうな素振りだが、雅香は何も言わず、ただにっこりした。

これだけのことがあれば、雅香には、それだけで充分なのである。何も言う必要はない。雅香には、わかっているのだ。

医師が行う医療とは、惨酷に狎れる仕事である。

A院長、来室
「お腹の水をとるために来週から治療を始めますよ」

さらっと言って、何事でもありませんよ、という笑顔。気配りはさすがである。夜、看護婦が付添布団を運んでくる。今夜は娘の蕙子が、郊外のH市の室に帰るのでいらなくなったと言ったら、看護婦は、おどけた怒った素振りで、頬に笑窪を作って出て行く。

十月十七日
雅香「腎臓撮影」のため朝食を抜く。灌腸で便を出す。シーツが少し汚れる。看護婦は手早く取り替える。

A院長以下、大勢で回診。

肝腎の「腎」の検査はなかなか呼びに来ない。

昼少しすぎ、A先生一人で来診。

「いかがですか」

「お腹すいたー」

「やあ、すみません」

と、一瞬の笑劇。病院にもこんなひとときがある。

十二時四十分すぎ、漸く「腎臓撮影」の迎えがくる。一時すぎに戻る。待ちわびた筈の食事がかえってすすまない。時間をかけて半分くらいである。三時のフレンチトーストも一切れのみ。

十月十八日
雅香、朝パン一切の半分、紅茶。昨日の夕張メロン少々。サラダは箸もつけず。ワキ腹が痛むといい、日に日に食欲がなくなる。

九時四十分。S医師回診、腎臓検査は異常なしとのこと。

昼、地下鉄に一駅乗って福助ずしに行く。トロ、スズキ、シマアジ、タイ、ご飯を半分にして一貫づつ食べる。好物に目を細めながら、わき腹が痛くて、これが精一杯である。それでも久しぶりに少し食がすすんで、うとうと眠る。三時にアイスクリームを三分の一食べ、また眠る。

夕飯は、テレビのゴルフをちょっと観て、昼の残りの、小さなのり巻き二ヶ、茶碗蒸半分。わき腹痛く、心配しつつまた眠るがすぐ目醒める。

明日からはいよいよ治療が始まること、少し薬の副作用で、嘔吐気がくること、日が経つと頭髪が抜けてくることもあるなどと、私は何気なく話す。

告知の問題で、若い医師たちに取り囲まれたとき、私は、最後にお任せすると答えたのだったが、若い医師たちは誰も、患者に向っては治療のこと、副作用のことは口にしなかった。

午後七時三十分から医師回診。明日、お腹の水をとる治療をはじめますという。点滴二十四時間。嘔吐気がくるかも知れません。そのときは言って下さい。点滴の針は金属ではありませんから、動いても大丈夫です。神妙に聞いていた雅香が泣き真似をして、ちょっと笑いが漂う。

病人はもちろん治療に希望を託している。だが、ひょっとして、私は駄目かもしれない、と心の奥の方の闇を捲ってみようとする。その一方で、ひょっとして、直るかもしれない、曇り空の向こうから洩れてくる光りに細い指先で触れようとする。治療という二語は、明暗をないまぜて、患者の軀をかけめぐる。

医師にとって、治療という言葉は、単なる日常語であって、飯を食わない日があっても、患者に治療を行わない日はない。だから医師にとって、治療とは、通行人を呼び止めるよりも手近かにあり、その上に治療こそが人を助ける行為だと定めた成り行きの中にいる。

では、患者はどうか。患者にとって治療という言葉はカミとかホトケとは明らかに違う。治療とは、一切の抽象を排した命の水のことである。

医師は、直るか直らないか、とにかく治療をする。今、健康な者だって、或るときが来れば死ぬのだから、病人が治療の甲斐なく死んだとて、何の不思議もないだろう。

では、何のために治療をするのだろうか。山があるから登るんだと登山家は言った。病人がいるから治療をするのだろうか。つまり、医師にとって治療とは、治療の結果とは連続性がない。

雅香は、何と、点滴というものが、どんなものか知らないのだった。つまり彼女は、病気に縁がなかったから、点滴にも用はなかった。

この頃では、ちょっと風邪をひいて医者へ行っても、すぐ点滴である。これはしかし中身はポカリスエットのようなものである。まあ、しかし、お金と医療は大衆に崇められているからポカリでも何でも、鰮《いわし》の頭になった。

それなのに、雅香は点滴を知らなかった。白状すれば、私も点滴を打ったことがないのだった。しかし私は、点滴がどんなものかくらいは他人の病気見舞に行ったりして知っている。点滴を車椅子にぶらさげて廊下を移動している人もいる。

問題は、点滴そのものではなく、その中身、つまり中に入れる薬剤なのである。

十月十九日

朝九時、S医師来室。腹囲九七、体重五二。若い看護婦が点滴液の容器の鞦下《ぶらさ》がった移動式の架台を押して入ってきた。雅香は、このテンテキというものを珍しそうにベッドから見上げている。得体の知れない白い生きものが帽子掛けに鞦下がっているようである。そっと目を外らしてトイレに行く。気持ちが悪いが仕方がないと目は外らしながら、それでもそっと窺い見る素振りでもある。

若いY医師が、点滴を始める。雅香の白い左腕に、ピクリと針が血管に通る。点滴液がポツリポツリと落ち始めるとすぐ嘔吐気がくる。医師は心配はいりませんと、静かに声をかけてくれる。看護婦が汚れた寝具や寝巻を取り替える。雅香がベッドに落着いたところで導尿の管をつける。十時三十分。点滴一本が約三時間。私はただの見張番ですらない。

この点滴は、今日から三日に亘って行うとのことである。点滴液は、卵巣癌・癌性腹膜炎に対する科学療法で、CAP一クール。シクロフォスファミド（免疫抑制作用による核酸代謝を阻害）、アドリアマイシン（抗ガン剤）、シスプラチン（卵巣ガン・子宮頸癌）。この点滴は一本を三〜四時間かけ、六本続けると一クールだという。血管から投入するシスプラチンは金属—白金—であるため、腎臓に障害がくる。それで、先日腎臓検査を行った。つまり排尿が重要になる。

というわけで、今から六本の点滴に続いて更に利尿剤の点滴も行うことになる。

副作用の第一は、嘔吐気がくる。これは我慢するしかない。次ぎに、治療を始めて一週間くらいすると、白血球がかなり減少してくる。自覚症状はないが、抵抗力が落ちるから、外部との接触、特に風邪などに気をつけなければいけない。とにかく、この治療に賭けて、耐えるしかない。祈るという行為に実感が伴う。

当初十二時三十分に終わる筈の一本目が遅れ、二時になって、二本目に入る。

その間に昼食。焚き合わせご飯をおいしく、だが、少し食べる。

四時、S医師他大勢で回診。五時A院長来診。雅香眠っている。

病院を紹介してくれた保田氏の夫人が立派な胡蝶蘭を持って見舞って下さる。私は會津八一の『渾齋随筆』を読みながら点滴を見ているのが当番である。

六時三本目に入る。夕食は、ご飯一箸、ヒラメ二口、菜少々で睡り続ける。

十時すぎ看護婦の見廻り直後に、胃液のような黝《あおぐろ》い液を吐く。十一時Y医師来診。また少し吐くが無色。

十二時、四本目に入る。目を醒ますと吐く。ラクノミで口を漱ぐ。

十月二十日
午前三時、五本目に入る。下の処置を看護婦は実に手際よく済ましてくれる。

六時、六本目。これでやっと最初の一クールが終わる。温かいウーロン茶をおいしく一口二口飲み、お腹の腫れが少し引いたのか、胃の下がやや楽になったという。治療の効果かと、顔を見合わせ口もとが少し綻《ほころ》ぶ。

続いて利尿剤点滴一本目、十時四十分に開始。その間に院長回診。昼はサンマ、嗅くて食べられず、福助ずしへ急ぐ。十二時四十分、蕙子の買ってきたテッカ一ヶのみ食べる。

雅香の言う通りに蕙子が花を活ける。三時、アイスクリームを半分。マスカット三箇。食欲と病状の関わりはわからぬ。が、病人は生きるために先ず食べなければならぬ筈である。A病院の食事は、公立病院よりは慥かによい。最初は十時と三時のおやつに驚きもし、感激もした。しかし、毎日ともなれば、食べるという本能に支配されている領域でさえ、病人は食べることと闘っているのだ。

夕刻、院長回診。

「食欲がないのは、今は仕方ないですね、お腹の水は、むりに抜かないほうがよいですよ」

と言われる。入れ替わりに若いY医師が「お腹の水は院長と相談して、明日もう一度容子を見てからにします。」と訂正して行く。つまり腹水を抜くのは、同時に体内の栄養も流出してしまうということである。

腹水を抜くとき、中に含まれる栄養分だけを体内に戻す装置もあるようだが、理論ではともかく、実用では使われていないらしい。

五時三十分夕食。蕙子が買ってきたマグロのトロ三箇のうち、一箇と少し食べる。豆腐の吸物ほんの一口。

七時。点滴三本目に入る。尿の出が少ないため点滴少し速める。九時に四本目に入る。

尿量は一日一、二〇〇CCは欲しい。つまり、二リットル水を飲むと、八〇〇くらいは汗などで蒸発して、残りの一、二〇〇が尿になって出る、という計算だという。今のように五〇〇CCくらいだと尿が濃いため腎臓に負担がかかる。なるたけ多く水分を摂る方がよいのだが、飲んだ水が胸に痞《つか》えるという。それでも、食後の薬のときはコップに六分目くらいの水を飲む。

午後十一時。雅香しきりに寝苦しく小刻みに蜿《もが》く。

いつも食べた後で脇腹が痛む。突張るように痛むという。半ば睡りながらでも、痛がるので、押さえてみたり、さすったりするが、方途なし。所詮、病気は砂漠の中の一人旅である。脇腹をさすりながら、付添夫？は、睡魔の波状攻撃に耐えるだけである。

この世には古くから愛情という言葉はあるけれど、痛みに耐えて、眠られぬ夜を過す者の傍らで、遂い、すうっと暗闇の底へ堕ちて行く睡魔が愛情の変身だとでも私は言いたいのか。辛らくも蕙子と交替する。

ところが、いざ、控えの間のソファーに横になると、これが全く嘘のように睡れない。仕方なく『渾齋随筆』を読んだのでは、會津八一氏には申し訳ないようにも思うが、座右にあるのは、この文庫一冊だけである。

唐招提寺の圓柱

おほてら　の　まろき　はしら　の　つきかけ　を　つち　に　ふみつつ

もの　を　こそ　おもへ

この歌は、法隆寺で萌《きざ》した感興を唐招提寺に至って、始めて高調し、渾然として、一首の歌に纏《まと》め上げられたと、八一自身の解説がある。

私は、何となく病人から心を離し、眠るために『渾齋随筆』のページをめくるのだが、いったいどういうことなのか。吸い込まれるような睡魔はどうしてしまったことだろう。眠れないばかりか、それではといって一向に頭が冴えるわけでもない。

十月二十一日
私は、ソファーから起き、蕙子と一緒に病人の枕頭に座る。午前一時三十分四本目が終わる。これで治療の六本と利尿剤四本合計十本の第一段階の点滴が終わった。明け方の三時には導尿管もはずすと聞いてほっとする。二時、今度は蕙子の休む番だが、彼女も眠れない。雅香もしきり軀を動かす。

それで闇い夜空を隔てる窓にうっすらと明りを写して、三人共起きている。

尿が濁っているため導尿管のとりはずしは医師の指示を待つことになる。

朝五時。雅香は昨日と同様に通じがあり、看護婦をわずらわす。白湯とお茶を少しだが、それでもおいしく湯呑半分くらい飲む。少しウトウトする。

朝食、食欲なし。パン少々と紅茶二口、三口。利尿の散薬をミネラルウオーターで飲む。

九時三十分、ベッドバス。

第一回のCAPは終了したが、十時から利尿剤と抗生剤の点滴が始まる、その抗生剤を注入すると何故か軀がシビレルようだ。二本で二時間、午前中に終わる予定である。十一時、院長とS医師回診。この状態なら、副作用も少なく、治療は順調であるとのこと。院長は診断テストマーカーの一覧表を作るようにS医師に指示する。

十二時半に食事が運ばれてきたが、全く食欲がない。雅香はもともと嗅いに鋭敏な質である。毎日連続する点滴で、薬の嗅いに一層敏感になり、それも嘔吐気を誘う。

黝い液体をコップ三分の一くらい吐く。嘔吐くのは苦しく、さらに嗅う。

午後二時、漸く導尿管をはずして貰う。院長夫人のお薦めでドロップを買いに行く。口の中がすっきりするといわれ、成る程と顔を見合わせる。

午後三時五十分。雅香トイレに立とうとして立ち上がれず、ややショックを受ける。排尿の後で吐く。薬物効果とは言え、だんだん体力が落ちてくる不安の中で眠る。三本目点滴は中止。明日からは二本づつとのこと。嘔吐気も食欲不振も、今は致し方ない。五時、腹水を抜くため若い医師来室。看護婦、嘔吐気止めの座薬を入れる。下を済まし、眠る。

十一時三十分目醒める。温かいウーロン茶をコップに二分の一。トイレ。その後で胸焼け激しく、嘔吐気。十二時三十分、黒い液を吐く。嘔吐物に潜血反応があるというが、しかし、吐けば少し気分は落着く。

十月二十二日
朝、久しぶりにやや気持がよく、ウーロン茶、みかん汁、リンゴ汁少し摂る。
九時三十分、保田氏、院長夫人来室。色とりどりの花籠を戴く。
九時四十五分、点滴一本目。十時五十五分二本目。排尿頻繁に催す。点滴の利尿

剤のせいか、少し疑問に思っていると、S医師来室、利尿剤の分量が多すぎたと謝って行く。

十一時、院長回診。

点滴の薬品の嗅いか、昼は何も食べられない。十二時三十分トイレに立つ。点滴終了間際に注入する抗生剤?で、その直後にきまって吐く。前回程は黝くない。

午後一時。葡萄一粒、ウーロン茶少し。

看護婦シーツを替えにくる。院長、学会へ出かけられるとか背広姿で立ち寄られる。

夕刻、五時三十分、夕食。毀われものを持ち上げるように起き上がる。

食欲はないものの、デザートの葛餅一箇の四分の三、メロン一切の四分の一だけ食べる。しかし、昼から殆ど何も口にしなかったのだから、大成果である。

びょうしつの　あしふみだいに　ぬのしきて　すわりし

つまは　えみもらしたり

午後九時、S医師回診。
睡り続けてはトイレに起きる。夕食後の薬も飲まずに睡り、魔の十二時も無事にすぎる。

十月二十三日
六時、目醒める。ウーロン茶おいしく少し飲む。朝食は依頼してあった五分粥がうれしく、久しぶりに少しすすむ。五分粥の上澄み五分の一くらいに、味噌汁七分目、葡萄三箇。朝日が眩しく輝くような出来事に思える。
腹囲九十センチ、少しでも腫れがひくということが、どれ程快哉を叫びたくなることか。それは薬が効く、ということであり、治療が進むということであって、つまり病気が癒るという一つの方向への思いが同時にひた走ることである。
九時十五分。事務の飯田さんが赤ちゃん煎餅を買ってきてくれる。ほっそりしたきれいな人が、さらに優しそうに見える。

九時三十分。点滴一本目始まる。十一時三十分二本目。点滴なかなか終わらず、三時十分漸く終わる。その少し前に、抗腫瘍抗生物質製剤注入。すぐ気持ち悪くなり吐く。いつものパターンである。夕食も食べられず、浅い眠りが続く。

十月二十四日

六時に目醒める。朝食、五分粥五分の三ほどに味噌汁、卵の黄身一箇、葡萄二粒など、久しぶりにすすむ。一番楽しい看護婦、米丸さん来室し、室内和む。食後の薬、利尿剤に加え、嘔吐気止め、胃散など三種類ふえる。

トイレに起つとき、体の痩せ目立ちはじめ、人の運命の哀しみが漂う。物事を明るい方へ捉え、気丈に振舞ってきた雅香が病床にあるのを、厭世的な私が支えることの構図は、ときに病人と付添い人の表情が反対になる。

これには雅香の知らない私の戦後の暮しがあった。戦争が終って、人が死ななくてよいことになったが、それは、世の中に、わけのわからない程の安堵感と驚譟とをもたらした。だが私の家は一日一日と、悪いことが重なって行くことになったのだった。

戦争は終っても、父の消息はわからなかった。私の家は、戦争に敗けても軍人の家であったから、ただ寡黙に、収入がなく、食べもののない毎日を耐えるだけだった。空腹を凌ぐとは、どういうことか、今日一日何も食べるものがないというのはどういうことか。手狭な庭に作った南瓜が一つ二つ生ったのさえも盗まれた。

「さあ、お上がりなさいよ」

と、母が言う鍋の中には干藷の千切りや芋の蔓で濁った汁が入っていた。すっかり白髪になった母は、まだ四十歳すぎだった。しかし、家の中は暗いわけでもなかったし、姉弟で争うこともなかった。

それでも私の気持ちは先きざきのことを考えるのを躊躇《ためら》わないわけにはいかなかった。戦争に敗けて三年経ち、母から学校の月謝を貰うことは、これ以上は無理だった。

浜松の鉄工場に働きに行った私は、古本屋の棚から名も知らない作家の本を借りてきた。ゲーテとギョーテが同一人物だということも知らなかった。日本文学は殆んど読まなかったが、たった一つだけ詩を覚えた。

「生きてかいなき世と知りながら、何とでわれは死なでありや、この世には美と呼ぶもののあればなり、美はいずこよりきたれるや、そはメロディより来る。メロディはいずこより来たれるや、そは絶え間ざる人の世の流れよりきたる。さらばわれ、生きて甲斐なき世と知りながら、今もなお死なであり」

これは永井荷風だと思う。よく冗談にニフウとかナリカゼとかいわれる荷風の、もう五十年も前の記憶だから違っているかも知れない。

少年であった私は、抽象的に美しいものを求めることで、暗い渕の底を充たそうとしていた。何の望みもないこの世をこうして生きる他はないと思った。

そう考えると、いくら軍人の子供でも、国のために死んだ者の子供が、学校へ行けないばかりか、食べものさえ事欠いて、これから先どうして暮らせばいいのか。当てのない、この国に対する疑問が、心の奥底で、誰にも言えない無力な反抗を鬱積していった。

私は戦争中のある日の思い出が、妙に心に残っていた。それは何の用事でか、子供の私が東京へ行くために一人で汽車へ乗ったときである。汽車のキップが普通では手に入らず、憲兵隊司令部でキップを貰い、兵隊に案内されてホームで待っていると、入ってきた列車が、ホームの白線の引かれた乗車位置の少し手前で、一旦停まったのである。

兵隊に促されて少年の私が汽車に乗ると、列車は少し動いて、それから白線の定位置に停まった。並んでいる人々が、どやどや乗り込んできた。そのとき、国家から私に与えられた待遇と、いまこの棄民状態の私を、どう説明してくれるのか。実際には戦費のために国債を売り尽し、国亡びて山河ありとて食はなく、金庫の空っぽの国家は動物の棄てた塒《ねぐら》に等しかった。

それで私は、どうしたのか。それからの私は、わけのわからぬまま飢狼の労働と、古本と結核とに明け暮れた。やがて私の厭世主義《ペシミズム》とマルクス主義が結びついた頃、私は雅香と同棲したのである。

雅香の兄は、国鉄、つまり名にし負う国鉄労働組合だった。その上、雅香の先祖には飯田事件に拘った人物がいた。雅香が少し、得意気に話したことがあった。飯田事件とは、明治十七年に自由民権運動から政治事件に発展したもので、加波山事件、秩父事件、名古屋事件に続いて長野県で挙兵計画まであったものが発覚して鎮圧された。参加したものの多くは自作農や士族出身の知識層の出で、私財を投じて政治運動に走ったという。よく言えば、理想主義だし、そこが雅香がやや誇らしげに語った原因なのだろうが、単に自己顕示欲の発露だったようにも思える。

そういえば雅香の父親は、田舎町で町議会議員を飽きることなく二十何年も続け何度かは落選したが懲りなかった。役者と乞食は三日やったらやめられないという類である。

何しろ世の中は、ある日突然民主主義になっていた。民主主義と急に言われてどうしたか、民主主義とはどうも花札のようなものではないかと思われた。花札には役札がある。

「赤短」だ「青短」だ、いや「猪鹿蝶」だという、あれである。

何、「四光」だ「五光」だというけれど、カス十九枚でふけるのが一番である。

つまり江戸時代からカスが沢山集まれば、一番強いんだといって遊んだのである。花カルタという奴は一番偉いのはカス札なんだ。だけどカス札ばかり十九枚はなかなか集まらない。つまりカスは集まってこそ偉いのだが、どうして、こいつは簡単にはまとまらない。

まとまらないものを纏める、これこそが民主主義の元祖ではないか。つまり民主主義はカスがカスでなくなったと錯覚することなのだ。街頭演説で気持よく声を張り上げる人は、まあカスの花だということになるのかも知れなかった。

それでも雅香にとっては当選すれば父親は議員サンである。たとえ町議会議員でも、戦争に負けた国の軍人で、その上死んでしまった私の父なんかよりは、ずっと花形だった。

しかし、雅香が
「私のお父さんはね、もう町議会議員を何年もやっているのよ」

と得意げに言うようなことはなかった。自分の姉や妹、弟たちと話すときとはきっと違っていたかも知れなかった。そう言えば、私は雅香と暮らして何年経っても、雅香の兄弟たちと打ち解けたことはなかった。

私はまるで考えたことがなかったが、その当時の私は、雅香の兄弟たちの虚栄心を満足させることなど、とても出来ない存在だったのである。私に対する彼等の共通して感じられる態度が、私にはわかっていなかったことになる。

その結果かどうか、成りゆきとして、雅香が、東京のA病院へ入院したことは誰にも知らせなかった。もっとも、それは私の母や姉弟に対しても同じことで、私は、これは核単位の出来事で、私の家族だけの問題だと思った。私の家族は、雅香と娘と私だけだ。それに私は、私に「できるだけのこと」を今、行うことで頭が一杯だった。

八時三十分、Y医師回診。食事の容子を尋ねられる。体重の減少は、普通は、手術で一週間くらい食べないときでも二、三キロしか減らないから、この三・四日で三キロも減ったことは、それだけお腹の水がとれたことになるという説明で、お腹がぺちゃんこになるには、手足などが、皺々《しわしわ》になるそうである。つまり、今の治療の効果が体重減に表れるので、快方への一つの通り道だと教えられた。

十月二十五日

六時、検温三六、九。体重四九キロ。朝食五分粥八分目、みそ汁八分目、炒り卵二匙、ぶどう三箇。

十時点滴。十二時二本目、一時四十分に終わる。昼食は口をつけない。しかし三時にリンゴ一切おいしく食べる。尿の回数、量とも多く、お腹がへこみ、食欲が感じられるが、食べるとお腹に痞える。結局は食べれず、気分が萎んでしまう。

夕食五時三十分。全粥五分の一、さつま汁五分の一がやっと咽を通る。六時注射後、メロン一切をさらに細く切り三つ。六時半、A院長学会の帰途来室、雅香に容子をきき、

「お薬が効いてますね。」

と、はげますような笑顔。

雅香、少し元気がでる。七時のテレビでニュースに続いて面白ゼミナールを観る。

一つ二つ自分で予想を立てて当てる。

病人にとって医師の一言は、春風緑楊の霊験がある。

雅香眠る。

ほそきあし　ふるる　わがての　つかのまに
あさゆめ　みつつ　つましねむりぬ

蕙子も今夜は早寝の番である。

雅香が寝返りして、咳込むと、眠っている蕙子が、突然
「おかあさん、ウガイ」

と言ってまた眠る。

十一時少し前、排尿二五〇ＣＣ。計量のため貯めてあるのを私が誤って便器へ流してしまう。少しおかしくなったのかと我を疑う。看護婦に目加減の検量を加算して貰う。

十月二十六日

六時検温、三六、七。体重、四八、二。朝食、粥三分の一弱と味噌汁、パイン一片、ぶどう一箇、ジャガイモ少々。

九時三十分、体を拭いてもらう。お腹はかなり小さくなる。九時四十五分、点滴一本目、二本目、それぞれ十一時五分。十二時三十五分に終わる。院長他回診。二時昼食、粥を白湯でうすめて、三分の一。親子煮三分の一、餡蜜も三分の一、幾分食がすすむ。一喜一憂である。

日本シリーズ、巨人対西武を見ながら眠る。小康の日なり。

夕食は蕙子がすしを買いに行く。

かんぱち、まぐろトロ、のり巻き各一箇。すずきは具だけ。メロン一切れ全部食べる。

眠ること、排尿の量など順調で、S医師は回診の折り「これからは一日一日快方に向かいますよ、付添いも必要ですが、仕事や学校のことも考えてください」と付添いの私と蕙子を喜ばせるように言ってくれる。

血液検査の結果、WBC（白血球）五三〇〇、CA一二五（卵巣癌特異性）二五七〇。白血球の減少はシスプラチンの副作用で仕方がない。一日一日よくなるという医師の言葉をどう考えればよいのだろうか。ただ今日の雅香の容子を見るだけなら、素人目には本当に癒るのではないかと思えてくる。

十月二十七日

体重四七、五。腹囲八五。たしかに外見上は薬効が認められる。院長来室、病人は容子よく「元気になりましたわ」と微笑み、「よかったですね」と院長も笑顔を返して行く。

十月二十八日

蕙子、朝六時、久しぶりに大学へ行くためH市の自室へ帰る。

私が仕事を離れ、蕙子も学校を休み、こうして毎日寝たきりの雅香の傍らで、よくなる可能性はないものと解っていながら、理性を否定する別の理性を頼って、無機質の点滴の落ちるのを熟と見ている。

少し早すぎないか、まだ後何分かかるとか、朝は少し食べられたね、お昼はまあ眠いのなら、食べるのは三時のおやつと一緒でいいか、とか。

一家三人が何の団欒なのか。さぞ暮し向きが楽な暢気な家族なのだろう、と余所目には見えるだろう。しかし、そんな世間はこの際、私には存在しなかった。

いつだったか。テレビの番組で、足の指で、グー、ピー、パーのじゃんけんをすると、つまり足指の運動が健康に良いというのを見て、やろうとしたが、足の指は全くジャンケンどころか思うように動かない。それで風呂に入ったとき、湯舟に片足をかけ、シャワーを足指にかけながら

「今は忘れて、世間のことは…」

などと鼻唄を口遊んだりする。世間とは、もともと私にとってその程度の存在ではないか。人は、自分に少しでも余裕があれば、世間のことを考えなければいけない。というものの、自分が苦しいとき、困ったときには世間を当てにしてはいけな

い、というのが、つまり世間なのだ。

私は、何の自慢にもならないが、この病院へ来る時、借金をしてきた。少し纏った金を、病院の近くの銀行に預けた。銀行というところは、これも無機質な金の集散地である。目の前の金以外は、何も存在しないに等しいところである。金がなくて首が廻らないもの、いや、たとえ首のないものが行っても、金を待って行けば、銀行員はにこやかに迎えてくれる。

つまり、銀行員の顔はいつも、世間の顔なのである。

私の古い友人に、井江田さんという自らに塀をめぐらして世間を隔て、没然と古本の番をしていた男がいた。

彼は、戦争に敗けて中国、当時の支那から復員、つまり引揚げてきた。井江田さんは郵便局に就職した。ある日彼の手許で、集配のハガキが、ぱらりと二枚に剥れた。短歌の投稿ハガキには井江田かよ子と女性の名があった。

あい見ての　後の心に　くらぶれば　むかしは　ものを　おもはざりけり
二枚になったハガキの一枚に、彼は思いつくままの歌を書きそえて、まだあい見ぬ差出人の女性に配送した。

こうして彼は輝ける全逓労働組合の活動家のまま、めでたく井江田姓になった。井江田さんは、だが、およそ組合の活動家らしくなかった。ボソボソとも、殆んど喋らない。やがて全逓を退職した井江田さんは、古本屋になったのである。

詩はアジテーションである、と彼はその詩論を、言葉とは裏腹に恥かしそうに言った。しかし、戦後プロレタリア詩人として彼の詩は無名詩集でひそかに注目されたこともあった。

小柄で細面の、歌人に類するつもりの奥さんの、唇を朱くひいた流し目に、彼は忽ち射すくめられてしまったが、体の大きな詩人は女流歌人の人形のような肉体を、はじかむ指を枉げて大切なもののようにそっと触った。

夕暮れ時に彼の経営する蒼芒書房に立ち寄ると、誰もいない埃だらけの手狭な店の奥で、彼はいつも、一点を凝視して坐っていた。

「今から、S銀行を抜こうと思うんでね」

てれ笑いしながら、近くにある立派なビルの財閥系銀行は、三時でシャッターが降りる。だから、まだまだ深夜近くまで店を開けていれば、偶には客がある。熟っと本棚のよごれた本に目をやって、一人の客はなかなか動かない。やがて、客が立ち去ると、彼は、目星をつけて、客が見ていた本を棚からすうっと卸すとぱらぱらと不器用な指でページを捌いた。古本のページの間には、ときどきへそくりの紙幣が忘れられたまま挟まれていることがあった。

本というものは一旦なくなると、無性に欲しくなるものである。しばらくして二度目にきた客は、自分の欲しい本が売れてしまったことを確かめることになる。

次に再びこの本を棚へ戻しておけば、その本は今度こそ頬を緩めた客の手に渡って、このとき、蒼芒書房の売上げは、閉まっているS銀行を抜くんだと、彼は胸を張るのだった。

店の二階の片隅で一人寝る彼の、戦後詩人として世間との接点がそこにあった。

このような世間を成り立たせている法というものが、生命の誕生を掌る神の自然法によるというのかも知れないが、神は空腹を救うことはできない。だから社会主義の詩を書くんだと、井江田さんは、飲み屋で一杯入れば、恥じらいとも自嘲ともとれる小声で言った。

「詩集を出版したいんだが、金がないんで」

あるとき彼は言った。

「国民金融公庫で借りるのに、保証人がいない」

彼は小声で、一枚の紙を拡げた。

私はそれを受け取って、私の親しい資産家の保証をつけ、国民金融公庫へ出しておいた。すると程なく国民金融公庫から井江田さんに呼び出しがあった。

「井江田さんですね」

「ハイ、そうです」

ぺしゃんこの突っ掛け下駄を履いている彼を、きちんと背広を来た融資係は、いくぶん怪訝そうに見た。

「この保証人の方ですがね、不朽さんですか、このフキュウ徳三さんとは、どういうご関係ですか」

「フキュウさん?」

彼は返答に詰まった。

「あなたの保証人の方ですよ」

「ハァ」

保証人は私の知人だから、彼は知らなかった。

「フキュウさんは、あなたの保証人なんですよ」

背広は背を伸ばし、眼鏡に手をやりながら疑い深そうな顔をした。

井江田さんは、何も悪いことをした覚えはなかった。それなのに、頭に血が逆上せるのがわかった。これじゃあいかん、と思った井江田さんは、急に自信に満ちたように、ぽんと胸を叩いた。

「ワシの知らん人が保証人になってくれるくらい、ワシは信用があるんです」

国民金融公庫の金はどうなったのか、井江田さんの口から詩集の話はでなかった。

相変わらず安酒に少し頬を赧らめると
「うちの山にみかんが一杯稔りますから、今年生ったら持って来ますよ」

酒の肴にみかんはおかしかったが、毎年のように、井江田さんは女房の家の山のみかんを、いつも思い泛べては同じことを言うのだった。

山に本当にみかんが生る頃、久しぶりに家に帰ると彼は、その夜、不器用な手つきで、みかんをむいた。それから忍び入るようにそっと白く柔らかな大切なものにも触れた。

明るく朝早く、彼は起きると、鍋を提げて味噌汁の豆腐を買いに出かけた。まだゆうべの夢醒めやらぬ彼は、愛用のチビタ突っ掛け下駄の踵を擦りつけながら、足取りは軽かった。だが、突如国道で彼は居眠りトラックに轢ねられたのである。斃れた彼の傍らに豆腐が飛び散った。

井江田さん、詩人　えのき　たかし　は、老狙撃兵を名乗り、社会の矛盾を撃つんだといって、詩をかいた。

老狙撃兵

どう数えてみても何年も持つまい
今に
なって命が惜しくなった。
もう少し先にのびたらと思うが
多分
のばしようがないだろう

いらない
いらない
何のためにと言いつづけた
命だが

重い腰をあげて

靴底のひんまがるほど
命を買い歩いた

川向うから
むんづと
のびた
手によって

その日
俺は
とんころと
死んだ

地図の上を硝煙がながながとなめて

黒く風化した
そこを
俺は
豆粒のように転がった

えのき　たかし　は詩集は出さなかったが、自らの死に、狙いをつけて逝った。

十月二十九日
朝、腹囲を計る。八一センチ。体重は四六・五キロ。十時三十分、院長回診。
雅香、どういうわけか気分よく
「調子いいんです」
と明るく答える。白い顔に少し紅がさす。
「順調ですよ」
と、院長。病名は、子宮内炎症ということになったらしいが、雅香はもう何も聞かなかった。それでも、食欲はやはりすすまない。それもいつしか習慣になる。ただ排尿も便もよく、今日は点滴も早く十二時十五分で二本終る。

十月三十日

雅香の容子がよいので、私は朝六時二十分発でT市へ仕事に帰る。久しぶりに誰もいない埃だらけの我家へ泊る。

十月三十一日

十二時四十五分にT市を発つ。

朝、院長回診があったとのこと。腹囲七九、四、体重四五、八。雅香の容子よく、A院長も笑顔で行かれたが、今日は土曜日で、病院は午前中である。私が居なかったので院長は昼少し前にもう一度来られたという。

十一月一日

雅香、上機嫌。腹囲七四センチ、殆んど腫れを感じなくなった。食欲も出てきた。こうなると八時の朝食を六時から目醒めて待っている。人間の生理と精神との関係はどうなっているのだろう。尿量も二六〇〇CCくらい出る。当初心配した腎不全の懼《おそ》れも殆んどないらしい。CT検査が予定の十一月九日から四日に繰り上げられたのも、順調な経過を示している。

病室が明るい。コダックの赤い飛行船はすっかり忘れているうち、疾《とっ》くに姿は見えず、窓外は雲一つない。霽れた空がビルの谷間を埋め尽くしていて、遥か向うまで青い。

これこそ小春日和というものである。人生にも、家族にも、小春日和があるのだった。病気も小春日和か。だがこの日和が、これからどんな運命に迎えられるのだろうか。懼ろしい病気との本当の闘いは、まだ始まったばかりなのである。

点滴一時三十分に終り、今日はすぐ昼食が執れる。このところ、雅香の顔も思いなしか若やいで見える。

十時、長崎屋の饅頭小さいが一箇食べる。三時に豆大福四分の一と、病院のおやつのゲンマイパン三分の一食べる。夕食も全粥二分の一、野菜と鶏肉の旨煮三分の二、それに茶碗蒸は全部食べた。入院以来初めてのことである。

テレビで西武が日本シリーズの優勝を決めた。私と蕙子と二人掛りで、雅香の髪を洗う。もともと髪の毛は薄く、頭の皮膚も柔らかいので、薬の副作用で髪が抜けても、今のところはあまり気にならない。寝巻きも着替えて、雅香のさっぱりした笑顔が室内に柔らかな波紋を展げる。

少しでも容態が良ければ、それが一時的な抗ガン剤によるものであれ、病人の容子はそのときよければ良いのである。病いは一刻一刻の問題だから、そのひとときは他の容喙の余地のない絶対のものである。

病室内で雅香が起きているときのために、ガウンを買いに出かける。女ものの売場へ行ったことがなくても、この際、惑うことはなかった。

デパートの売場は平日の日中で閑散としている。女店員が何人もで私の要望を聞いてくれたが、軽くて洒落た、病人の気が晴れそうなものは見つからない。

判ったことは、シャツでも洋服でも、商品というものは、健康人の買うものだということだった。

医師の国家試験は、看護婦の試験より易しいと言われたことがあったが、その試験に六回も落ちて、七回目に漸く合格した。それで産婦人科になったという話をきいたことがある。

ここの、A病院の院長は外科医だが、雅香の担当医は産婦人科医である。その先生は、K病院からの出向なのだから、そんなことはないだろう。しかし、患者である雅香の病室へコートを着たまま診察に現れたことがあった。

夜八時半。S医師の回診がある。第一回目のCAP療法の経過は良行であり、食欲も出てきたのは、治療の効果でお腹の腫れがとれたことが一つと、ステロイドを使用していることもあるという。

S医師は、「ステロイドは怖い薬だが、用い方では、大変便利な薬ですよ」と言った。

十一月二日

血液検査でWBC（白血球）二九〇〇と白血球は減少しているが、CA一二五（卵巣癌特異性）は二九二〇とかで、少なくとも病勢は踏み止まっているようである。だが、このCAP（シクロフォスファミド、アドリアマイシン、シスプラチン）療法は最低でも三回は行うというから、あと二回はやらねばならない。九日には、身体は瘦せ細ったが、それは腹囲も細くなることで、気分はずっとよくなった。白血球減少の回復具合を見て次回の日取りをきめることになる。ただ目下のところこれは癒るんじゃあないかと、何よりも病人自身が明るくなったのは希望の光がチラッと見える思いである。

しかし、笑顔を見せる医師たちは、本当のことを知っている。これは氷雨の中の一瞬の晴間にすぎぬことだということを。

雅香が恰度起き上がって、小さな腰掛けに坐っているところへA院長夫人が病室へ顔を出され、

「あら、ここのお部屋は楽しそう、これなら早く帰れそうね」

と、朗らかに声をかけられ、続いて
「いい看護人がいるから」

と、にっこりされる。

「三十年に一度のことですから」

「あらあら、大島の噴火と一緒ね」

病室にも、こんな日もあるのだった。

十一月三日
大変温かな日で、薄着で表を歩いても汗ばむような一日である。

雅香は今日も気分よく、食もすすんだが、漸くCAPの副作用のために、頭髪が抜けはじめ、枕に細い毛がまつわりつくため、少し気になる容子である。

点滴も十二時に終るという早さ。しかし、それだから沢山食べられるわけではない。やはり尋常の病気ではないということか。

昨日は点滴の針がうまく入らず、六回も打ち直して漸く成功したのだったから、今朝もひやひやしたが、うまく一回でできる。

夕食後、私と蕙子と三人連繋プレイで、雅香シャワーを浴び体を洗う。若かった頃のように細くなったが、何か痛々しい雅香の体を拭く。

十一月四日

朝、気分よく目醒める。食欲もあり、八時の食事を待ち兼ねて全部きれいに食べる。信じられないことである。

「三越」から届いた絹地の薄いピンクのガウンが大いに気に入り、早速パジャマの上に纏って廊下を一廻りしてくる。得意気に微笑み、子供に還る。

十時のおやつ、モナカ半箇。昼食の五目そばはきれいに食べる。三時のおやつ、和菓子半分、病院のおだんご三箇食べる。

午後三時、CT検査。今回は造影剤を使用せぬため、簡単に終る。検査室へも、例のガウンを着て足取りも軽い。

ただ、昨日から頭髪の抜けが目立ち、枕に抜毛がつくため、しきりに気にする。

じっと見ていると蜘蛛の巣にかかった小虫が、だんだん糸にからまれ巻かれて行くようにも見える。

子供の頃、蜘蛛の巣に捕えられた玉虫を見つけ、巻きついた蜘蛛の糸を少しづつほぐしていったら、玉虫が生き返った。枕についた髪の毛が、雅香にまつわりついた蜘蛛の糸のようにほつれるものであったならと、そのとき蘇生して飛んで行った玉虫の羽音が思い出される。

十一月五日

点滴はいつも通りに終り、食欲も良し。

蕙子、学校へ行く。昼食の寿司を買ったついでに私は向いの大福も買う。三時に、餡の大福と黄粉の大福を半箇づつ食べる。便通も尿も順調。

夕方、蕙子と入替りT市へ帰る。

十一月六日

Ｔ市の事務所より夕刻に帰る。Ｙ先生、夜の回診で、ＣＴスキャナの所見では腹水は殆んど見られないという。しかし白血球は二九〇〇と回復が遅く、輸血が必要かも知れないとのこと。

十一月七日

朝十時半、院長回診の折り、腹水はきれいにとれたが、白血球は二九〇〇、赤血球もやや少なく、輸血が必要かも知れないと昨日のＹ医師と同じ判断を示される。二回目のＣＡＰは少し延期しましょう、ということになる。

しかし、現在の経過は一応良し。今なら少しくらい出歩くことも出来るとのこと。だが「今なら」というのは、裏を返せば、やはりこの病気の根治は覚束ないということか、とすぐ悲観的な方に気が行ってしまう。

病人は顔の色艶もよく、すらりとした昔に戻って、一見すれば親子三人で病室に居るのが不審に思える。この平和な刹那主義の日常が、ある終焉に向って確実に一日一日オブラートを剥がすようにすぎて行くのである。だがこれが、果たして、私ができるだけのことをしているということなのだろうか。

なぜか、窓の外に、あの赤い飛行船が、もう一度浮かんでいないかと、知らずと目を向けるが、あれきり、飛行船を見ることはなかった。それは、もう、すぎたことなのだ。だから今、時が過ぎ去ることが、どんなに恐ろしいことであるか、私には、消えた飛行船が、あの敗戦後の少年の頃、心のどこかで望み得ない何かを待ちつつ、すぎて行った在りし日の中に泛んでいるように思えた。

漏滴記

g. h.

昭和六十二年

十一月九日

立冬を過ぎて、人びとは舗道の陽のあたる側を歩くようになる。

雅香が、入院して一ヶ月が過ぎようとしていた。秋晴れの窓の外に、飛行機雲が形をくずさずに流れて行く。

若くてなかなか美人の看護婦、宮原さんが、

「これ、被るといいわ」

と、星のまたたきが呼びかけるように、キラキラする目を向けながら、ナイトキャップを渡してくれる。

最初のCAP点滴の副作用で、頭髪が抜け、杳《くら》い運命を暗示するように枕に纏わりつくのを、仕方なさそうに指でつまみながら雅香は、網目の帽子を受取ると、

「あら、これでわからなくなるの」

と、チラッと目で微笑んで被って見るが、鏡には目を向けない。

血液検査の結果次第で、CAP第二クール＝シクロフォスファミド（免疫抑制作

用による拡散代謝を阻害）、アドリアマイシン（抗ガン剤）、シスプラチン（卵巣ガン）の点滴＝を行うことになる。

ＣＡＰの点滴は、一回経験したのだから、どんなに苦しいかは判っている。しかし、その一回の治療で、今は腹水がとれ、腫れ上がっていたお腹も腹囲が六八センチにまで細くなった。思いの外身動きも楽になった雅香は、またアレをやらなくてはいけないの、という気持ちがあった。

それでも雅香は気を取り直し、この機会とばかり三階の病室から階段を一段づつ一階まで降り、途中で踊場の絵画なども見て、エレベーターで帰ってきた。はじめて、ヨチヨチ歩いた子供のような笑顔で、婦長を大いに驚かし、内心得意の容子。こんな日が続くのなら病気など治らなくてもいいと、ふっと思う。だが、病は立ち佇《とま》っていてはくれない。

十一月十日

血液検査では、ＷＢＣ（白血球）六八〇〇、ＣＡ一二五（卵巣癌特異性）は、一五六〇とのこと。かなりの改善が感じられる。

十一月十一日

血液検査の結果、白血球が六八〇〇まで回復したので、CAP第二回目を始める。前回同様点滴六本である。すっかり諦めた雅香は、すでに自分の意志から解き放たれたように、病室の風景になっている。午後五時、三本目に入る。九時五〇分、四本目に入る。

嘔吐気は断続的に深夜まで続くが、なかなか吐けない。黒い液体を少量、苦しそうに吐く。

雅香の身の上にも、私にとっても、この病は、風も月もない夜道で振り向く暇もなく襲ってきた。私たちには全く防護の手段などなかった。この突然襲ってきたものが、何物であるかさえ判らなかった。いや、たとえ相手が判ったところで、なすすべがなければ、ただ懼しいだけである。

TU・MOR　MARKERとある一枚のペーパーに並ぶWBCとか、LDHとかいくつかの記号も、はじめて眼にする知らぬ都市の遠景のように、想像したこともないものばかりである。それらの記号欄が日を追って、数値で埋められて行く。そのランダムに数値の並ぶ一枚の紙が、雅香の命の今唯一つの軌跡であるとするならば、これがたとえ夥しい血の記録であったところで、いったい雅香の命運に何をもたらしてくれるというのだろうか。

十一月十二日

午前三時、点滴五本目。朝七時、六本目。検温。体重四十二キロで変化なし。そのときどきの僅かの体重の増減などに神経を使うのは病人の心理で、看護婦は目盛りを書き込めば足りることである。

九時三十分、S医師、一時三十分、院長回診。頭髪のことを聞かれるが、抜けるものは抜けるので仕方がない。六本目の点滴が終る。これで、CAPの第二ラウンドが終了した。

一回目に較べ、尿の排出量も多い。こんな絶望の向うに希望が見えるかどうかも判然としない治療でさえ、病人が馴れれば経過がよいように思えるのだ。それでも続いて利尿剤点滴を三本行う。つまり雅香の腕から点滴の針が外れることはない。その上で、今日少しよかったと言って薄陽がさしたように微笑み、一転して気分が悪くなるとたちまち室内は日が蔭ったようになる。

眠っているときが、人間は一番幸せなのか、そのために眠られぬ夜があるのか。健康な眠りが欲しい。

十一月十三日

通常点滴に戻る。十二時すぎに終る。

院長回診。K大のN先生に経過を見せましょうと言って行かれる。偉い先生に診て貰うことは、慥かに有難いことである。が、病人にとって真実、有難いことは、ただ快方に一歩でも二歩でも向うことである。

朝食は粥とおかず少々、食欲はない。が、岡野栄泉の大福は半分食べる。午後病院のおやつのホットケーキも半分食べる。雅香の身の上のこれらの一齣一齣が映画のように終幕に近づいて行くのかという胸の思いが、何事につけ秋が深まって行くように常に頭の中の背景になっている。

夕方副院長の回診。雅香の顔が膨れぼったい。浮腫んでいるのか、勿論、いちいち原因などわからない。夜七時、看護婦が注射にくるが、注射液が間違っていないか一度確かめに帰って再び来る。それだけで、大丈夫かと患者は不安に眼をそらすが、今度は静注針がなかなか入らない。血がシーツに零れる。上手下手は仕方がないが、病人も見ている者も、それがまるで生死を左右することでもあるように、一瞬病室が不安の色に染まる。

十一月十四日

朝、食欲なし。それでも便通があり少し気分を持ち直す。

十時のおやつは止める。昼食もリンゴ一切、柿二切。三時のおやつは小さな黄粉の餅一箇。夕食も駄目。粥は三分の一匙、柿、メロン等少々の果物しか喉に通らず。

十一月十五日

十一月は陰暦の十月、つまり神無月で神さまは皆、出雲へ出かけて誰もいなくなる。またカンナヅキは別に雷無月で、雷が鳴らないとも言われる。

病室で、毎日点滴に明け暮れ、いったい何に効果があるのか、ないのか、しかし神サマにお祈りするという気持ちになったことはない。雅香は意志がはっきりしていたから、カミとかホトケとかを口にしたことはなかった。だから、神さまがいてもいなくてもどちらでも構わないが、雷はしびれる程嫌いだった。まあ実務の神サマで、形而下の専門を以って任じていた。料理も縫い物も、家事は学ぶより生《あ》み出す性であった。

そんなわけで、家の中のことは、私は何もしたことがなかった。これを日本的と言うのかどうか、こうして雅香が病室に横たわったきりになると、私の家には、もともと共通の生活がなかったということがいやでも露呈する。

私が、今病室に付添って、いかにも仲睦まじい夫婦のように見られることは、雅香にとって、心外なことだろう。まるで夫婦の愛情に欠けるとしか思えない生活をずっと、そんなことさえ考えずにやってきた穴埋めのように、私が病院に居たところで、私が何の役にも立つ訳ではなかった。

役に立っても立たなくても人間は、いざというときは、できるだけのことをしなくてはいけない。と私の家では誰も口に出して言ったわけではなかったが、私はそんな雰囲気の中で育った。

私の父は、日本列島の北端、千島列島の更に北端の小さな島で、突如夜陰にまぎれて襲撃してきたソ連軍に対し、自ら先陣をきって迎撃した。それは、何と終戦日が過ぎてからのことであった。武人としての父がいざというときの、できる限りの行動は闘うことだった。誰にでも、やればできそうに思われるが、それは、命を捨てることでもあった。

司馬遼太郎は『風塵抄』の中で次のように書いている。

「いまでも私は、朝、ひげを剃りながら自分が聯隊長《れんたいちょう》ならどうするだろうと思い、その困惑の大きさを想像したりする。日本はすでに降伏している。ソ連も、当然ながら連合国の一員であった。その一員がいわば野盗のように侵攻してきたのである。

大佐は、撃退することを決心した」
父は、自分の命のことは全く考えなかったと思うが、父に従う部下のことは一瞬考えた（と思う）。最後の行動の選択を下すとき部下に問うている。

諸君、戦いは終り、日本は敗れた。
今日、このときを迎えて、特別の策があるわけではない。
しかし、敵は今、この島に上陸攻撃し来《きた》った。
そこで汝らに問う。
白虎隊士たらんと欲するか、また赤穂浪士たらんと欲するか。
白虎隊士たらんとする者は手を挙げよ、赤穂浪士たらんとするものは一歩前へ出よ。

将兵たちの右手が一勢に挙った。
聯隊長は、にっこりした。

各中隊長は兵の集結を待つことなく、予に続行すべし。

聯隊長車は轟音をあげて走り出した。


父の戦争はすでに伝説になった。

それでも、戦の日から五十年も過ぎてから、あるテレビ局の記者は言った。

「あなたのお父さんは、死にたかったのですか」

と。

しかし、不運にも、ソ連軍が上陸した海岸地点の守備についていた歩兵大隊は、思いがけないソ連軍の攻撃で殆んどが戦死した。だが、幸運にも九死に一生を得るためには密かに一人、後方へ逃がれることだって現実にはある。生きて還ってきた兵の中に、敗戦後の無駄な戦いで死んだものは無駄死にだと言って自らを慰める者もいた。だから死んだ者は死にたくて死んだのだと、若いNHK記者は聞かされたのだろう。

あの戦いで、あのとき、もし後方に在った戦車聯隊が、出撃しなかったなら、逃げようとしても、最前線の歩兵が生存し得ただろうか。彼等の慰霊の会などがあり得ただろうか。

父の戦車聯隊の慰霊碑は、いま病に臥している雅香が、毎月十八日の命日にお水を上げに行く。水桶に「当番雅香」と墨で書いてある。私は父の息子だから、父の行動は自ずと理解している（ことになっている）。しかし、雅香は、父からすれば会ったこともない他人である。せめてお水でも上げることで、父や一緒に死んだ聯隊の将兵たちを思うことができるだろう。というのが、その謂であった。雅香は納得していたかどうか、とにかく彼女は必ずお墓へ水を上げに行った。

今、病臥している雅香と私は夫婦ではあるが、これは戸籍にそう記入されていることで、夫婦はもともと他人であることは言うまでもない。

だから、他人の私は雅香の苦しい胸の中や悲しい想いがわかるとは思えない。他人の私にできることは、血脈の紐帯による精神性によるものではない何かである。それは何なのか、雅香の不幸に対して、私は、自分に何ができるかが、自分の行動を規定する論理だった。

十一月十六日

朝、割合気分よく眼醒めた。食事もいく分すすむ。点滴も早く始まり、十二時に終る。しかし、昼は食欲なし。三時のおやつもダメ。夕食はと張り切っていたが、やはり食べられず気を落す。二、三日前より左足がだるいとか。

十一月十七日

高気圧におおわれ、見事な秋晴れである。ハクチョウは気圧の高いときに飛翔するというが、雅香は体は白いけれど、飛び立つどころか、羽を拡げることもできない。

十一月十八日

朝十一時、K大のN先生、院長と共に来診。

食欲はいくぶん回復する。

N先生の触診では腫瘍はわからないぐらい小さくなり、これは奇跡的であるという。何か御先祖が守っていて下さるのではないか、などといわれる。とにかく化学療法は一応大成果を収めたと考えられるから、手術も可能である。

これなら十一月三十日くらいに行えるのではないか、ということであった。

しかし、これで今後の展望が開けたとはいうものの、その展望そのものがあと一、二年とかいうものではなく、まして、ひょっとすれば、五年の望みもあるかも知れぬというわけではなかった。

勿論、これは病人の知らぬ話ではあるが、一山越したとは言え、問題の手術はこれからであり、私も娘の蕙子も、どのくらい喜んでよいことなのか。外は青空とは云え、私たちの心の晴れ間にはなんとなく霞がかかっていて視界は見通しがきかない。

じっと目を閉じてひょっとして全快したときのことを想像してみる。一番先に何処へ行こうか、などと思い回してみても、特に行きたいところも思いつかない。

手術ということになれば当然輸血の心配をしなければならないと思ったが、手術では殆んど血を流さないから、輸血の心配はないという。そうなると今度は、急に歯車が順調に廻り出したようで、どんどんどこかへ転がり出してしまうのではないかと、反って不安になる。

食欲は依然としてない。歩道橋を渡った向こう側のTホテルでサーモンのスライスを買ってくる。戸惑いながらも、知らず知らず明るい気分を味わおうとしているのだった。

十一月十九日

血液検査。WBC　三九〇〇と、白血球は減少しているが、CA一二五は、六五六でかなり改善が視られるらしい。

検査の結果は、私たちには病状改善への軌跡を辿っているように思えるが、CAP療法には治療回数に限界がある。多くの癌患者に、医師があと半年とか一年とか宣告するのも、その辺の事情によるのではないか。健常者である医師は、いちいち患者の身の上や、心理に思いを至してはいられない。

「あと半年です」

と、医師が言うのは仕事である。しかし、片や患者の方は仕事で患者を演じているわけではない。

はからざるもという言葉は、このときのためにあるのか、患者は、ある日はからざるも思いがけない宣告を受け、突如として病の身となるのである。

癌の告知の問題もここにある。アメリカでは、ガンの告知は当り前で、告知することで患者に生きるための決意や残された時間を有効に過すための生活の指針を促すことができる。と、いうのだが、果たしてどうか。

雅香には、誰も病名を告げてはいない。しかし、自分の病気が尋常でないことは、A病院のいささか身分不相応な病室にいることだけでも感じられないわけがない。

それだから、雅香の口から、

「私は、何の病気?」

と、聞くこともなかった。まあ触診の経験から内心では、子宮癌とは随分大袈裟な治療がいるんだなあと思っているらしかった。

十一月二十日

朝の目覚めよく、いつになく朝食をおいしく食べる。

午後、Ｓ医師来室。十一月三十日の手術前に腸の検査が必要とのことで、二十四日に行うとのこと。雅香の笑顔が曇り、夕食は箸をつけただけ。シャワーを浴び、シャワーの音で、気をまぎらして寝る。

十一月二十一日

昨日のＳ医師の検査の一言で、今日も全く食欲なし。

十一月二十二日

私は出勤のため、早朝の新幹線へ乗る。帰途三島でうなぎめしの駅弁を買う。五時半病院着。食べたくない夕食も思いがけないうなぎ飯の出現に惑わされてか、案外すすむ。病気とは字の通り、気が半分であることが立証される。

十一月二十三日

明日、注腸造影検査のため、今朝より吸収の良い軽い流動食とのこと。蕙子は友人と大学祭へ出かける。昼食後の検温三七・七度。夜間検温も三七、五度あり、流動食に利尿剤で脱水による微熱ではないかと言う。昨日の看護婦は砂糖湯もいけないという話であったが、後になって紅茶やお茶くらい飲んだ方がよかったと別の看護婦が言った。看護婦は皆、表面は親切に見えるが、それぞれ言うことが異なり、医師との確認を依頼しても回答がない。しかし、鉄道員は汽車が好きで、客が好きなわけではない。乞食が乞食の態をしているように、看護婦は白衣を着ているのだとはなかなか思えない。

それでも坊主憎けれゃあ袈裟まで憎いというような気持ちにならないのは、看護婦が女性だからだろうか。雅香の看護婦に対する看察はずっと醒めている。もともと他人に甘える気持ちとか他人を当てにする気持ちはないのだ。それが健全な庶民なのだと何事もあまり期待するということがない。

つまり外見は白衣の天使であって、白衣の中身はお互いさまということである。

夕方下剤の水薬を瓶一本服用するが、三分の二程飲んで吐く。S医師が漢方のような粉末の薬をくれる。

十一月二十四日
早朝四時前に尿意。排便もあり。二回ある。七時十五分、下剤の座薬を挿入する。七時四十分から八時半までトイレに座る。続いてグリセリン灌腸。九時すぎまでトイレ。疲れて少し眠る。
朝は薬も飲まず、何も喉に通さず空腹感に目を閉じてじっと数を数えるように待つ。時間が長い。立ち働いている看護婦たちは、そんなことは目に入らない。十二時すぎて漸く検査のための迎えがくる。
注腸造影検査の直前に灌腸をすると灌腸液が腸内に残り、粘膜へバリウムの付着が悪くなるので、この待ち時間がいるらしい。

撮影は二十パーセントのバリウム注腸液を体温くらいに温めてイルリガートルに入れ、一、二リットル注腸する。撮影は背、腹臥位、側位、斜位の充満像と二重造影法（臥位、立位）を行うというが、患者は言われるままに動くだけで、何をしているのか全くわからない。

注腸造影検査は一時間程で終り、雅香は蒼い顔で帰ってくる。何をされるのかさっぱりわからない不安から開放されて、遅い昼食のカレー煮込を少し食べ、夕食は鰈の煮付を三分の一食べる。体温も平熱に戻る。

十一月二十五日

血液検査では、ＷＢＣ　一二〇〇。白血球数の正常値は、ミリ立方当り四〇〇〇～一一〇〇〇であり、かなり幅があるが、上限は九〇〇〇と考えられている。ＣＡ一二五は三七一とのこと。

白血球が一二〇〇まで減少したため、今日から三日間輸血を行う。血液の到着が十一時とかで、点滴の開始も遅れる。

十時半になっていつもの点滴を始める。一本目の途中で食事の時間になる。新聞のチラシに入ってきた大阪ずしを買いに行く。いなりずしを一箇食べる。

十二時半輸血の袋が点滴の架台に取り付けられる。四〇〇CCもの他人の血が、一滴一滴雅香の体に入って行く。窓の外をよぎるしぐれのように無機的に、それでも血液は時間と歩調を合わせるように、管を通って雅香の体内に消えて行く。三時半、終る。

通常点滴の続きは、針が入らず、痛いばかりで一旦中止。夕食後に続きを行う。今度は一発で、いとも簡単な仕事ですよと上手な看護婦の指先が、ものを言っているように見える。

輸血のあとは顔色もよくなり「他人の血」が他人の血でなくなるというのは、どういうことかと思う。

十一月二十六日

輸血二本目。通常点滴の一本目と二本目の間に、昨日と同じ四〇〇CC。

十一月二十七日

輸血三本目。点滴の一本目と二本目の途中で輸血に移る。二時間足らずで終り、続けて通常の点滴に戻る。

注腸の後便通がなく、そうなると一日中便通のことばかり考える。それでも食欲はやや回復する。血圧も一三〇くらいまで上昇。

戦争中といっても、アメリカのことだが、爆弾を積んだ米軍の飛行機が日本の上空にくると、不思議なことに機体が東に流されることがあったという。日本の上空には神風が吹いているというわけでもないだろうが、このことから、ジェット気流が発見されたのだという。何となくずっと頭のどこかに置き忘れていたこんなことを、何故か今、思い出した。雅香のこの病気は、気流どころか雲をつかむ程にもわからない。そのわからない雲を吹き払うような風なら、ジェット気流でも何でも、たとえ悪魔の風でもよいから吹いてくれないだろうか。

病気の記録の十一月二十七日の項には、輸血四〇〇、腹囲六五、体重四一、五、検温三六、二。アサ、全粥、みそ汁、卵半熟、ふりかけ、オレンジ。ヒル、太巻二、おはぎ一、芋ケーキ、イチゴ、リンゴ。ヨル、カレーチャーハン、スープ、煮魚、カボチャいため、卵豆腐、ブドウ、とある。これは、輸血の効果か、かなりの食欲である。手術に向けて体力の調整はうまくいっているようである。

十一月二十八日

昨夜、漢方の下剤を一服飲んで、注腸のときのバリュウムの固まった白い便を排泄、二度。ところが、白血球が少ないため、三十日に予定の手術《オペ》は十二月十日に延期になる。

安堵というか、落胆というか。病室内は無言。目は窓の外に向く。晩秋の空に薄く雲が流れてゆく。あの空の雲にさえ法則があるという。私の書く雅香の病床記録などは、いったい雲形の分類ほどにも役立たないように思う。それでも、的《あ》てのない何かに向って、白血球六〇〇〇、と書き込む。

十一月二十九日
手術延期のため、空いた時間で急遽T市へ帰る。夕刻帰着。朝より食欲もあり便通もあり、気分のよい一日であったとのこと。

十一月三十日
白血球　九六〇〇。

院長来室。

「コレ（白血球）一桁間違ってないか」

と看護婦を振り返って笑う。

「中本アイコのお母さんのとき、一桁間違って大変だったからなあ」

と、冗談のようにいって、雅香の方へ向き直り、元気付けるように朗らかな声が病室に残るが、窓外はスモッグというのか灰色の煙霧に蔽われて、霽れない。

十二月一日

季節の移り変りさえ気付かずに日が過ぎて行く。、今日は暖かいなあと、師走になってから思う日は、十五度くらいだそうだが、室温は常に十八度に保たれているので、雨が降ってくれば黙って傘をさすように、いつか師走になった。

雅香、食欲があり、三度の食事全部食べる。体重は四二、五キロ、腹囲六五、五。病人は何だか癒ったように機嫌がよい。私は反って少し気が緩んだのか風邪ぎみになる。

十二月二日

雅香の容子、落ち着いている。手術が間近なため、何となく安堵と不安の間をゆれ動く気持ちで心の中は立ったり坐ったりしているようだ。私は風邪を病人に移しては困るということで、向かい側のTホテルに逃避する。

雅香、WBC（白血球）九九〇〇。

十二月三日

雅香食欲あり、白血球も九九〇〇なら、これで予定通り手術ができる。

十二月四日

毎日食欲があり、遅れてきた小春日和の中にいるようだが、点滴の針の血管さがしが苦痛である。明るい看護婦のコメマルさんが、やってくれるときはよい。彼女の名はヨネマルさんなのだが、何となく漫才師のようで、私たちはコメマルさんと呼んでいる。彼女にはヨネマルと聞こえるのか、「ハイ」といつもにっこり答えてくれる。

十二月五日

テレビでモーツァルトの曲を演奏している。一七九一年の今日がモーツァルトの命日であるとか。しかし、永遠に思える日が一日ずつ終焉のときに近づいて行くことを、どう感受すればよいのか。ベッドへ仰臥してじっと点滴の落ちるのを見ている雅香だって、横に座しているだけで、何の役にも立たぬ私だって、やはり同じようにそれぞれ何処かに向って一日が過ぎる。

モーツァルトの曲がやがて終るのをただ聞いていればよいのか、雅香も私も黙って聴いている。

十二月六日

早朝、T市へ帰る。夜、東京へ戻る。三島のうなぎめしが買えず、車中売で買ったうなぎ弁当でも、雅香は待っていて、おいしいと言う。

十二月七日

抗生剤感受性検査。CRP（反応性蛋白）試験など感染症の有無を確かめるらしいが、手術の前に念のためという程度のものか。それでも患者は、その都度緊張する。一日中起きている。急に日が短くなったように窓外は俄かに昏く、川の水も闇の色。起床の疲れか早く眠りにつく。起きているときは元気に見えるが、寝顔はすっかり病人になっている。バネのある、爪先立って、ツ、ツ、と水面を歩くような雅香はどこかへ行ってしまった。

十二月八日

戦争の始まった日は疾くに遠い日になってしまった。私は小学校二年生だった。鈴木範子という可愛らしい、すらりとした少女がいた。海岸に近く、少し歩けば潮の香がしたし、浜辺には浜昼顔が咲き、浜豌豆《はまえんどう》も実をつけていた。

その頃、五十五才になった私はどうしているかなどとは全く想像もしないことだった。鬼ヤンマを追っかけたり、ハゼ釣りや、蟬《せみ》捕りに子供の一日は長かった。戦争になっても、学校で言われる通りに旗行列の行進をしただけだった。ところが、私はいつも先頭を歩く役目で、運動場には目印が引いてないから、頭の中に道しるべを覚えなければならず、子供心に、この役目は有難くなかった。

目印といえば、T市に近い田舎の議員選挙に立候補した中山君という青年が、歩いて選挙運動をしていたが、どうもおかしいと思って周りを見渡すと、そこは、い

つの間にか選挙区外だったということで、そのとき中山青年が、

「道路には目印の線が引いてないもんでねぇ」

と、大袈裟に嘆いたのを思い出す。

それが、どうして、どういう理由《わけ》で、いつになったら、どうにかなるというような何の目印もない今、この病室で、医師の宣告した日に近づかないために、ただ過ごすだけなのだが、こういうのを人は運命だと言うかも知れない。だが私には、こんな目印のない運命を信ずる気持ちには、なれなかった。雅香が、この運命をもし信ずるとすれば、自分の人生にどこかで諦めという目印をつけることを意味するしかないのだから。

暦の上では大雪であっても、いつも、川の流れが見える温かな病室に居れば、冬の到来を皮膚で感じることはない。もっとも、皮膚は温度を感じるほかに、外敵から身を守る抗菌性蛋白質が含まれているという。だが、それは、昆虫が脱皮した表皮にもあるらしいから、人間も虫が脱皮を繰り返すように、誰もが同じように生きていて、どうして、癌細胞ができたり、できない人がいたりするのだろうか。運、

不運だけでなく、目印はないのか。

十二月九日
こうして、明日は運命の手術の日になった。
手術が終ったら、最初に何を食べるかが、雅香にとって、今考えるべき唯一のことだった。どこかへ旅行に行こうかとでも言えば、もっと楽しみになりそうだが、そんな、すぐには実現の覚束ぬことを言っても、励みにも慰めにもならない。
慰めるという言葉、これ程真実の意味の全くない言葉が、いつどうしてできたのか、最初は誰がどこで使ったのだろうか。

十二月十日
手術《オペ》。
朝、採血。抗生剤反応マイナス。体温三七、五度。
昨夜七時に漢方の下剤二服飲む。朝六時半すぎ、漸く便通一回あるが、すぐ七時に大灌腸に看護婦が来る。下剤で排便の直後だったためか、灌腸液は注入し終らないうちに少量の便と共に流れてしまった。

看護婦に、灌腸がどの程度充分ならよいかと聞いても、答えがない。そのうちに別の看護婦が朝の点滴に来る。再び灌腸のことを聞くが、下剤で二回と、あと灌腸液が出たなら、それでいいでしょうという。

窓からさし込む日差しが、いつのまにか、弱々しい光の放射になってキラキラと小宇宙の塵を撒きちらしている。雅香は一言も口をきかず、私と看護婦のやりとりを聞いているのか聞いていないのか。病気になったのも初めてなら、まして手術など思ってもみなかったことが、これから始まろうとしている。俎上の鯉などと、軽々に譬《たと》えられるようなことではないに違いない。

私は若いとき肺結核で何回も入退院を繰り返したが、オペはしなかった。

「切れば半年」

と、自信に満ちて言った医師もいたが、私は切らなかった。人体には、目、鼻、耳、口といった、最低限必要な穴が明いているので、それ以外は、切口を明けるの

はよくないのだ、と自分に言い聞かせたのだが、心のどこかで、手術を怖がってい
た。もし、もう少し戦争が続けば飛行機へ乗って行くのだと、誰に言われなくとも
思っていたのであれば、手術が怖いなどと口に出しては言えないことであった。
しかし、同じ病棟の患者は何人も手術を受けた。当時は肺結核の手術の最盛期で
もあった。肋骨を何本も取り除いて、胸をぺちゃんこにし、肺に巣喰う結核菌を窒息?させるのが狙いだという胸部成形手術から、肺葉切除術へと医学の進歩という
ことと考え合せても、これは流行の変り目のようであった。
手術がきまったときの眼、いよいよ明日は手術だという夜の眼、搬送車に乗せら
れて、半ば閉じている眼。だが、肺結核の手術では、それらの眼はこの世の別れを
告げるものではなかった。
それでも手術患者はときどき、病室に帰って来なかった。中には麻酔から醒めな
かった者もいた。手術中に血圧が下がって、あっけなく死んでしまった人もあった。
だが、医者はいつも大丈夫ですよ、と言いながら、患者は、「どのような結果にも
不服を申しません」という主旨の文書に署名させられる。手術前の病人を最後の不

安に陥れ、その上、医者と患者とは人間の対等などあり得ないということを、いやでも押しつける文章が、病院にとっては単なるビジネスの一環に過ぎなかった。

「私、自分で書くわ」

雅香は、ちょっと微笑んで見せたが、文章には目をやらなかった。覚悟はできてるわよ、という持ち前の気の強さが看護婦の笑顔をさそった。

十時の回診のとき、S医師に灌腸のことを尋ねる。灌腸の好きな人はいないだろうから、やりたくはない。が、腸をどのくらいきれいにして置かなければいけないのか、手術のことはわからないので、物事は何事もトントンと運ばなければ、どこか気掛かりなものである。

S医師は、院長にも申しておきますが、腸の手術ではないから、いいでしょう、という。

一時二十分、迎えの搬送車が来る。手術に備えて導尿管を入れるが、新顔の看護婦ではなかなかうまく入らず、主任看護婦を呼びに行く。今まで化学療法の点滴のときなど、導尿はいつも簡単に出来ていたのだが、どうも看護婦は、肝腎のときだけ新前が来る。これは看護婦仲間のいじめなのか、人間は苛められなくては一人前に成長しないということなのか。しかし、たとえ訓練にせよ、被害を受けるのはいつでも患者なのだ。

一時三十分。雅香は搬送車に乗せられて手術室へ向かう。手術室の廊下を隔てたところで手術室の扉が開くのが見える。

「はい、ここまでね」

と看護婦に遮られ、手術室の扉は搬送車を吸い込むように閉まる。私と蕙子は扉の向うに消えた搬送車を目の奥で追っているのか、何となく身の置き所がなく、二階のロビーに腰を下ろす。

手術担当のN医師が通りすぎる。雅香はもう麻酔で眠っているだろう。総婦長が来る。

「病室でお待ち下さい」

乾いた声は、有無を言わせぬ。

三時三十分。病室に電話が入る。手術は終了したという。予定された時間よりかなり早い。その時、窓の外で、鳥の囀りが聞こえた。鳥の明るい囀りが、未来への希望のように、一瞬聴くものを勇気づける。が同時に、それでもやっぱり、という不安が心に暗く覆い被さってくる。

二階の処置室に、執刀したN医師と副院長とが待っていた。剔出したものを示される。ヤモリが敲《たた》きつけられたような肉片を見せられて、どうにもならない拒視感を抑えるようにして目を向ける。卵巣と、子宮の全剔。手術としては成功したが、全部取り切れていないから、癌が全滅したとは言えない。ノン・キュアレティブ・オペ——非根治手術？——に終ったと、カルテにあるような説明があったわけではなかったが。

しかし、患者の家族が、たとえ医師の説明を、手術直後に聞いたとしても、どのくらい冷静に理解ができるものだろうか。また、たとえ理解したとて、わかったところでどうしようもないことではないか。

当然のこととして、手術後さらに化学療法を続けたほうがよい、ということになる。

また鳥の囀りがする。澄みきった躍動感が一瞬窓越しによぎって行く。

雅香の寝台車が手術室から出てくる。蕙子と一緒に押してエレベーター—に乗る。三階の病室には担当の看護婦と、医師らしいが知らぬ人がいて、雅香をベッドへ寝かせ替えてくれる。

N医師すぐ来室。看護婦と一緒に傷口を見る。雅香は、まだ夢の中のようである。下着が汚れている。看護婦が拭き取るが、どこか真似ごとで一時凌ぎにすぎない。灌腸が充分でなかったためなので、雅香が夢の中で、「それご覧なさい」と言っていることだろう。

N医師、再度来室。脈を執り、挨拶して帰る。続いて副院長来室。恰度、雅香が嘔吐気を訴えたので、看護婦に嘔吐気止めの注射を指示。ゆっくり注入するように注意し、雅香の頬を軽く指先でたたき、声をかけ、大きく深呼吸をするようによびかける。

雅香、夢の中で応える。一心に崖を攀《よ》じ上っているところのようである。

「麻酔が醒めるまでしばらくは、声をかけ、深呼吸をさせて下さい」

副院長がかえってから、私と蕙子が交互にときどき声をかける。雅香だんだん応答がはっきりしてくる。

「誰がいる？」

「お父さんと、わたしと、ケイ」

――。


看護婦がきて痰のバキュームを行うが、手術準備のとき導尿管がうまく入らなかった新前がまたくる。いったい上手く出来たのか、それとも形だけのつもりなのか。看護婦という組織は、患者が頼みにする場面では、なれない者ばかりを寄越す不思議な習慣があるらしい。

夕刻五時頃、雅香が痛みを訴える。Y医師来室し痛み止めを注射する。痛み止めは七～八時間効くから、夜半もう一本打つとのこと。

六時すぎA院長来室。背広姿。

「大丈夫ですよ」

と、にっこりして帰られる。

手術について医師団には余裕が感じられるが、当人である雅香の心中は言うまでもないが、私も、蕙子も、未知の世界へ足を踏み入れるように息を殺し、平常心という言葉など思いもつかぬ。

私は、あの戦争の最中、満州からの帰途、朝鮮海峡で、潜水艦に狙われたときの緊張が突如甦った。ドカンと魚雷攻撃を受けたら海に沈むしかない。救命胴衣を抱くようにして、甲板にしゃがんで、じっと暗い海を見ていた少年の私は、ただ時の経つのを待っていたのだった。あれから五十年も平和なときが過ぎて、私はこんなに意気地なしになってしまったのか。私の思考の原点は、あの暗い関門海峡の波の音ではなかったのか。

いや、それにしても看護婦は冷淡にすぎはしないか。

七時半、若い知らぬ医師回診。

「痰を飲み込ませぬようにせよ」

という。

タンが肺に入ると合併症を起こすことがあるからと、そのための器具を置いて行った。

これは何というものか、吸入器の反対のようなもので、痰を吸引するものか。看護婦の簡単な説明では全く使い方がわからない。この若い医師は何のためにきたのか、この看護婦は何のための看護婦か。と、訳もなく腹立たしくなる。

血圧、脈拍自動測定器の値が変化する度に音が鳴る。これを見ながら、私はさながら夜勤である。血圧は八十八～一五〇を上下する。脈拍は七十二～一〇三くらいを増減する。しかし、呼吸は安定しており、病人の状態は落ち着いて見えるから、医師や看護婦には対岸の火事ほどのこともないのだろう。しかし、どこかへ、やっぱり心配してくれる人間を探しに行きたい心境になる。

深夜十二時、三本目の痛み止めの注射。

手術時の血液検査では、ＷＢＣ（白血球）は八三〇〇、ＣＡ一二五は、七〇。

十二月十一日
○時すぎ、術後四本目の点滴。暫くスローテンポに、ポツリ、ポツリと明け方まで続く。朝六時になって、漸く本日分の第一本目に入る。
血圧、脈拍ともに心配なく、体温三十七、八度。血圧自動測定器を取りはずす。ところが、私の不寝番はどうしたことか、自分では、ちゃんと一番中起きて雅香の点滴を見ていたのだが、知らぬ間に一時間も経っている。その間夢一つ見ない。気がついてふと見ると、雅香の左腕が丸太のように腫れ上がって、紫色になっている。点滴の針が血管からはずれ、点滴液が皮下に充満したのだ。

蕙子を起こして看護婦を呼びに行かせるが、看護婦は来ない。もうすっかり明るくなり窓外の風の音までが急に冷たく室内を覗き見て行くようだ。九時近く漸く看護婦が来る。が、これは雅香の点滴の異変のために来たのではなく、朝の交替の者が何も知らぬ気に鼻歌まじりの足取りで来る。

看護婦は、とにかく点滴の針を抜くと濡れた雅香の着替えをしてくれるという。もとより麻酔による夢うつつの睡魔の世界にいて、雅香は自分に何事が起ったのかもわからない。どういうつもりか看護婦は点滴の洩れなどには見向きもせず、着替えますかどうしますかと、意識のはっきりしない雅香にしきりにきく。雅香は何のことかわからず返答の代わりに怪訝な目を向ける。

雅香の寝巻は手術中の失禁で、昨夜一応は拭き取ってもらったものの、まだ汚れているのだが、本人はそのことだってわかっていない。

しかし看護婦は頑《かたくな》に、患者に対して

「どうして欲しいんですか、好きなようにして上げるわ」

と、くり返し呼びかける。

私が、いくら状態を説明しても全く聞こうとしない。到頭、私と口論になり漸く、汗になった寝巻や汚れた下穿をとりかえる。

ところがいつまでも、洩れた点滴針は、外したままである。雅香の腕が腫れ上がったと言っても、勿論生死にかかわることではない。

他人の子が死んだのと、自分の子が転んだのと、その驚き方は同じだというが、看護婦という職業は、おそらく人が死んだくらいでは驚かないのだ。点滴がはずれて腕の色が変ったくらいは何でもないのだ。その上治療の点滴が二、三時間滞ったところで、それは常日頃のできごとの一つにすぎない。だからこそ、彼女たちは純白の衣服に身を包んでいる。つまりそれは、看護婦という職業を抽象化したもので、たとえば、親切な看護婦がいたり、不親切な看護婦がいたりすることはないということの主張なのだ。そこにはいつも白い服を着た看護婦がいるにすぎないのだ。

ところが患者は自分一人だけで、もし患者を抽象化すれば、それは医療機関の経営の対象、つまり患者は、お金と同義語になるのではないか。だから病人個人にとっていえば、医師や看護婦は、運がつれてくるのであって、抽象化された医療の中の、ほんの偶然なのであった。だが、このことを、いざ病人になってみても、あっ！そうかと理解するためには、常に自若として死するくらいの覚悟ができていなければならないであろう。

医師や看護婦には使命感が必要であることは常識であるが、患者にも患者の使命感があるというような思考の倒錯があるのではないか。

医師や看護婦は、その労働行為によって、経済的価値を得ている。患者は、その受けた行為に対して対価を支払っている。しかし、これは労働の価値に対する等価交換だから、金銭を受取る側だけに使命感を要求することは、平等とは言えない。ということになるのだろうか。

それでも、やっぱりその若い看護婦に対して、よい感情はもてなかった。働くということは、自分のために働く、金のために働く。それでどこが悪いのか。今の若い看護婦が育った戦後の経済成長期に、それが、民主主義時代の労働者だと、教えたのは誰か。すぐ顔にも態度にも出ることは、今の若い人は正直だ、裏表がない。しかし、給料に差はつかない。つまりそれが、能力に応じて働き、必要に応じて受取るという理想の社会形態だということか。

そんなことを考えて、じっと紫色に腫れ上がった雅香の腕に目をやるが、なかなか腫れはひかない。もとを正せば、私が不寝番の最中に居眠りをしたのが悪いのだ。お前こそ、どうせ他人のことではないのか、と耳鳴りのようにきこえてくる。

十一時、院長以下回診。傷口のガーゼをとりかえる。

「水いくら飲んでもかまいませんよ」

院長が、そう言って行くと、後で若い医師が
「ガスが通るまでは待って下さい」

と、小声で言う。

ガーゼで水を口に含ませるくらいにする。

熱も平熱になり、気分も悪くなく、痛み止めがきいてか痛みもない。

十二月十二日
朝八時、看護婦の宮原さん雅香の体を拭き、着替えさせてくれる。きれいで親切な人の名は覚える。手術後の経過は順調に見えるが、まだガスは出ない。腸の運動が活発にならないと出ないとのこと。
今日も、点滴五本。手術の夜に洩れた左手の腫れが癒らないので右手にしか点滴針は入れられない。
三本目の点滴に発ガス剤注入する。午後二時、息を止めるような気持ちで待ったガスが出る。

愛嬌よしの看護婦コメマルさんに案内されて蕙子の学校のO先生が見舞にこられる。資生堂の香水を下さる。コメマルさんは、序でに私に風邪薬を渡しながら、神経が休まるように、ゆっくり寝てください、という。私は、何だか苛立っていたのだろう。手術の明くる朝の若い看護婦のこと、点滴が洩れて雅香の左手が腫れ上がっていても、何時間も待たされた気持ちを話す。コメマルさんは流石に、丁寧に謝っていく。

午後七時、雅香の寝巻をとりかえて、ホテルへ休みに行く。

十二月十三日

手術後三日目を迎える。依然、点滴五本。午前中三本と夕方二本に分ける。痛み止めも朝晩一本づつ続く、雅香、昨夜はあまり眠れず、目を閉じていると天井の模様が動き出し覆いかぶさってくる、何度も天井が落ちてきたけれど、不思議に天井は痛くないの、ここの天井は重くないんだ、と思ったという。

雅香の話を聞いて、子供の頃熱を出して寝ていると、天井板の節穴がだんだん大きくなり、蜘蛛の足のように伸びてふわふわ動く。じっと体を硬くして息を殺し、汗をびっしょりかく。知らず知らずに、うとうとすると、どこかへ連れていかれるのではないかと、いよいよ怖くなる。いつの間にか障子が白み、あちこちでことこと朝の音が聞こえてくると、天井は、もと通りに、何事もなかったように節穴も落着いたものだった。

これが幻覚だとしても、雅香も私も手術の経験が全くなかったので、ただあてもない心配ばかりである。しかし健康な者には見えないことを訴えたところで、看護婦はチラッと視線を向けるくらいで、すたすた行ってしまう。

導尿の管の吸引を止めて、自分で尿意を感得する練習が必要だとのことだが、看護婦は言っただけで誰も来ないので実行されない。

雅香しきりに心配する。夕方またコメマルさんを捕えて、明日行いましょうということになり、それだけでやれやれと安心する。

午後六時すぎ、最後の点滴。雅香少し水を吐く。若い医師回診。吐いたことには何も答えず、ただ幻覚は、痛み止めの薬のせいだと思うとの説明がある。手術のためでないことがわかる。

点滴が終り、針が体を離れるのを待って、吐いて濡れた寝巻を替える。病院に婦人用の替衣がなくなり、男子用を着ていたので、自分のネグリジェに着替える。布団の濡れた個所にはタオルを当て、背中に敷いていたタオルも取り替える。

すべての地球上のできごとが、ここに集中しているように感じる。人間は、自分のことばかりで手一杯ではないか。これではまるで一匹の昆虫の、身を守るための細胞性反能や液性反能と似たようなものである。

雅香、はじめて素湯一さじを飲む。

天井が波打ったりすると、何か虫の知らせではないかと思ったりするが、看護婦が虫の居所が悪いと足先を温めるホッカホッカを二個貰うのにも気を使う。つまり、雅香も、私も蕙子も虫籠の中の虫になったのだ。虫籠の中の虫は、籠の中の運命に従う外はないのだ。そうすれば、どんな弱虫でも、自ずと虫の身を守るシステムが得られるのではないか。

八時すぎ眠る。

十二月十四日
朝、院長以下回診。飲みものの許可がでる。しかし、昼にほうじ茶を一口二口、素湯をらく飲みに三分の一。

午後副院長とY医師他一名看護婦を伴って回診。雅香の患部に詰めてあるガーゼを取るとかで婦人科の診察を行う。ところが、懐中電灯まで持ち出しても見当らず、さんざん探した揚句、看護婦がカルテを見ると、患部のガーゼは、N医師が処置済であることがわかる。

副院長は、てれかくしに、

「院長が、未だじゃないのか、と言うもので——」

と、言わずもがなの発言をする。その後で、雅香に、言い訳のように、何か言ったがよく聞きとれない。

「いいえ、ご信頼していますわ」

と、雅香。

毎日給食を運んでくる色白で人形のような女性が精神的な疾患で入院するとかで、両親が来ていたが、院長が応対していた。この病棟三階の責任者はS医師の筈である。雅香の手術後もS医師はさっぱり顔を見せない。

午後三時、導尿管、やっとはずす。六時すぎ、三本目の点滴の前と、点滴終了時と二回簡易便器にて、自力で処置ができた。漸く全身をどうにか起き上がらせることができたのであった。

夕食は、カルピス少しとお茶一口。

この日は日中の例のガーゼ勘違い事件のためか、夜の回診はY医師も誰も来ない。看護婦も来ない。深夜勤の交替の一時になって若い看護婦が、何も知らずに見廻りにくる。

蕙子は風邪でホテルへ、私は雅香が一人でトイレへは立てぬから、夜通しが読書の時間である。

十二月十五日

今朝より重湯、味噌汁など流動食となる。

半分くらい飲む。体を動かすことも、かなり楽になる。手術という物理的な強制に対して、人間の体はなんとか対応しようとする。この生命の構造は、何物かの支配をじっと俟つ他はない。人はその何物かに対して何千年も祈ってきたのである。祈りが通じないときも、やはり祈る他はない。夕方便通がある。

十二月十六日
朝、採血。

食事は重湯、ジュース、卵のプリンなど、量は多くないが、おいしく全部食べる。嬉しそうに食べるのを見ていると、ひとときにすぎない幸せにも、知らずに頬がゆるむ。

血液検査で、WBCは七五〇〇、CA一二五は七一。

手術で剔出されたものは見たけれど、癌がどの程度取りきれたのだろうか、ノン・キュアレティブ・オペだということだが、血液検査のCA一二五の数値は、入院当初は二〇〇〇であり、手術前には三九二〇まで増加していたものが、手術後は七一にまで減少した。目を疑うほどである。だが、その数値は、オペ直前、十二月九日に七〇だから、CAPの薬効によるものなのか、手術で癌を剔出したことによるものなのか。その理由がたとえ判ったところで、雅香の運命が変るものでもない。ともかく、CA一二五は、七〇とか七一に減ってもなお喜べるような数値ではないということである。もし、手術がノン・キュアレティブ・オペでなければ、CA一二五は二とか三とか殆んどゼロに近くなるものであるというのだった。

十二月十七日
それでも、とにかく五分粥となり、ときには病気を忘れたように、身動きも軽く感じるように思える。そんな一日は短く過ぎる。

十二月二十三日
血液検査の数値。

ＷＢＣ　八二〇〇。白血球はかなり回復し、ＣＡ一二五も六九。

十二月三十一日

二十八日に私はＴ市に帰り、歳末の事務をかたずけ、三時十六分発にて病院へ向う。加茂免《かもめ》のおせち料理、大正軒の餅を持ってくる。

夕食は三島の鯛めし弁当。蕙子の誕生祝いのケーキを、三人で食べる。

昭和六十三年

一月一日

Ａ病院三〇一号室にて、一家三人揃って元旦を迎える。

病院の雑煮と加茂免のおせち料理で、静かに新年を祝う。午後二時、ハイヤーでＰホテルへ向う。ささやかな祝日は、ホテル八五七号室へ移る。夕食は十二階のクラウンレストランで、元旦の夕景を見ながら雅香は、サーモン、和牛のステーキ、デザートもおいしく食べる。

Ｐホテルは、まだ蕙子が小学生になる前の頃、何の都合か忘れたが、家族三人で上京した折、宿泊したことがあった。そのとき、この同じクラウンレストランで機嫌の悪かった蕙子のために、外国人の楽隊が、次ぎ次ぎに童謡のオンパレードで迎えてくれたことがあった。

あれから、何年。月日は疾い。

雅香は、その日のことを想い出しているだろうか。私たちは、ただ顔を見合わせていた。

雅香、一人でシャワーを浴びてねる。

一月二日

朝は、ルームサービスの雑煮と持参のおせち料理。昼はすし盛合せ。夕は、天ぷらとすべてルームサービス。

室から一歩も出なくても病院に明け暮れたのを思えば、夢とも異う静止画面のようで、ただ目と目で頷き合っているだけなのに、それでもたちまち陽は沈む。

テレビでは欽ちゃんの仮装大会が賑やかである。文字通りの核家族のひとときがここにあることなどに拘りなく、日本中の笑いを統括しているようだ。私たち、三人も笑った。それはこの世の収支の全く入っていない笑いだった。

かつて何かの折に

「あなたの事務所は真空地帯」

と、坐ったままの雅香が、チラッと上目遣いに言ったことがあった。

どういう意味であったのか、しかしそれは、なんとなく一言で正鵠をえている響きがあった。

あまり賞められているわけではないことだけは解っていた。私は別に反論しなかった。謂ゆる武士の商法というのか、武士は食わねど高楊枝というのか、私の事務所の経営は、「士家業」ではあっただろう。

何しろお金は汚いものであるという家庭環境で育ち、子供の頃小遣いを貰ったことがなかった。当然のこととして、自分で物を買ったことがない。小学生の頃、千葉県の船橋にいた。家の向いに雑貨屋があった。みせには雑貨と並んで、子供の菓子も売っていた。動物の形をしたビスケットの片側に色とりどりの砂糖がついているのは、今でも手がでそうになるが、買えなかった。私はその店で、森永マンナというビスケットを何枚かセロファン紙でくるんだ菓子を貰ってくることだけが許されていた。

私の事務所では、顧客との間に契約書を取交わしていない。どちらか一方がいやになったら、いつでも退められるようにというわけで、仕事は信用でするもので、契約でするわけではないという私の考えを、そのまま実行していた。請求書も発行しなかった。ある銀行員が、

「よくそれでお金が集りますねぇ」

と、言ったことがある。

もっとも、こんな経営方針だと、かなり複雑な仕事を時間も費やし、精根も傾けてやった上に、仕事がかたづいてしまうと、まるで推理小説のように、いつの間にか相手の依頼者がいなくなってしまったりした。

この世は性善説では駄目ですよ、と、行政官庁の役人から笑って言われたことも

あった。それでも、どうにか経営は成り立っていた。そこで、雅香の「真空説」になったのだろう。私にとっては、馬鹿にされたには違いなかったが、不名誉なこととも思えなかった。

雅香の病気に対して、できるだけのことをするといってみたところで、雅香にして見れば、普段は、他人のことで、仕事とは言え、できる限りのことをしなければ気が済まない私を、横目でみていたから、病院でも、親子三人が無為にすごし、その上に正月は、ホテルにやってきて、これも余所目にはただ無為にすぎなかった。計算の伴わない「真空主義」は、今更気にしても仕方がないことだった。

一月三日

朝は変らず、ホテルのルームサービスの雑煮とおせちの残りをかたずける。昼は伊勢エビの網焼に野鴨のサラダ。デザートのマロンシャンテは、ずっと前、保田さんから教えられたケーキ。

午後三時、再びハイヤーで病院に帰る。

この、雅香にとって、最初で最後の贅沢な正月は、ゆっくりとした足どりを願いながらも、影さえ引かぬようにすぎてしまった。だが、この時、病院の医師は、もはやこれが最期の正月だということを知っている。私は、理屈の上では、或は、と承知していたからこそ、三人でホテルの一室に閉じこもって水入らずのときを過したのではあるが、やはり心の奥底のどこかには、一縷の望みは抱いていた。

蕙子は蕙子で抑えようのない不安の上をすっぽりと笑顔で蔽っていた。

病院へ着くとエレベータの前で、ばったり院長と出会った。いつになく正装の若返った雅香に、院長は「ほう」というように驚いて戯《おど》けた表情の笑顔をつくる。こんな一瞬が、やや得意げな雅香の残された僅かのしあわせなのである。だが、幸せという言葉も、私はやはり使いたくない。不幸せとの判別のつき難いものに思えるのである。

一月四日

病院で一夜明けると、早速、血液検査が待っていた。続いてCAPの点滴をあと三回行うとのことで、第三クールはすぐ開始。ただ薬剤は半量で行うとのこと。
体重測定、四三キロで、最低時より二キロ増加する。それだけ、この時点では体力が回復したことを意味するのであろうか、あくまで、この時点でということである。
十時十五分、一本目始まる。二本目一時四五分、三本目五時四十分、四本目九時五十分。その間しきりに嘔吐気に苦しむ。

一月五日
午前二時点滴五本目。六本目六時十分。ＣＡＰ終了に続いて十時十五分より利尿剤点滴三本。午後七時二十分漸く雅香の腕から注射針が抜かれる。
点滴が始まると嘔吐気が続くので、ホテルでの正月とは別人別世界になってしまう。重湯少々、五分粥二、三口。

一月六日

ＣＴ検査のため、朝食は抜く。

十時三十分より十一時五十分でＣＴ検査は終るが、ＣＴは単なる検診で治療ではない。再手術の予定もない。全粥を少し食べる。

一月七日

朝は七草粥を少し。昼、夜はいよいよ食欲なし。ＣＡＰの投薬量は前二回より少ないが、副作用はむしろきびしい。

一月八日

食欲のないことが、この際は人世のすべてを喪ってしまったように感じられる。

一月九日

ＷＢＣ（白血球）四八〇〇。

一月十六日

WBC（白血球）四四〇〇。

一月十八日

CAPの効果に有効性は認められるから、経過は良好ということだが、白血球の減少は回復が遅く、赤血球も同様であり、輸血を行うことになる。すでに輸血も二回目であり、前回のような戸惑いはない。しかし、やはり気分はすすまない。輸血四〇〇CCを三回、三日に亘って行う。一回に約三時間を要するため、痛いわけではないが、やはり病室内は日がかげったようになる。

一月十九日

利尿剤点滴二本、輸血四〇〇CC。

一月二十日

利尿剤点滴二本、輸血四〇〇CC。
このところ食欲はあり、全粥ながら残さず食べる。しかし白血球は三四〇〇。

一月二十一日
久しぶりに点滴も輸血もなく、気分小康の日。
大寒と敵《かたき》のごとく対ひたり（風生）などという寒さどころか病室には、春のように陽が差し込んでいる。
朝、全粥、みそ汁、サラダ、みかん。昼、おもち一箇、スパゲッティ二分の一、サラダ二分の一、リンゴ、プルーン。夜、ご飯、三色揚げ、とり、しいたけの下和《おろしあえ》、リンゴ、いちご。だが点滴を止めると尿量は少なく、一二八〇CC。

一月二十二日
尿量検査中止となる。昨日より点滴もなくなり、雅香は上機嫌で、もらい泣きならぬ、室中がもらい微笑いというところか。

一月二十三日
WBC（白血球）は四〇〇〇、CA一二五は二〇四。
やわらかな窓の光り、木陰をうつす川の流れ、雅香の微笑み。しかし、そんなひとときにも、腫瘍マーカーの数値が現実を振翳《ふりかざ》して迫ってくるが、患者は何も知らない。

一月三十一日
昨日の検査結果で、白血球六〇〇〇まで回復、体重四四キロ、腹囲六八センチ。しばし病気を忘れる好天が続くが、CA一二五は二一八で着実に昂進している。

二月一日
日照時間が少し伸びてきたように感じる。
東京プリンスホテルへ三人揃って昼食に行く。雅香は洋服、オーバーすべて新調にて、気分も上々。満楼園で旧正月特別メニューの中華料理を減塩調理にして貰う。

二月三日

K大N医師来診。院長と今後の方針を協議する。血液検査の結果のうち、腫瘍マーカーは著しく低減したものの、最低値よりは、すでに上昇しつつある。CAP療法を更に続けることになる。N先生、K大なら全量行うとのことであるが、院長は全量の三分の一量で行うことに決める。

歯を食い縛るように雅香は顔を背けて、そっと涙を拭う。

二月四日

立春。花のさかりは立春より七十五日という。雅香とは花見に行ったこともなかった。今年の花が咲く頃、どうしていることだろう。僅か七十五日先のことが考えられない。一日一日とすぎて行くのは確かではあるが。

午前中レントゲン検査、午後CT。

二月七日

滋賀県出身のU氏から、滋賀の名水「いわまの甜水《てんすい》」二ケースをいただく。これがまさしく名水そのもので、味覚に敏感な雅香は、一口ごとにおいしいをくり返す。

二月八日

第四回目のCAP。三回目のときは半量、今回は三分の一量とのことである。

朝九時、導尿。十時より点滴開始、各四時間、六本続く。一本目にビタミン剤、ステロイド。二本目利尿剤、三本目抗生剤と嘔吐気止め、四本目に再度利尿剤を併注する。

二月九日

午前二時五本目、朝六時六本目。黝い液を吐く、苦しく胸が痞える。それでもこれがシーシュポスの神話のように際限なく続くのであるなら、と思うが、現実は現実、現実はどこへ行きつくのか。

二月十三日
ＷＢＣ　六三〇〇、ＣＡ一二五　三一一。

二月二十日
血液検査
ＷＢＣ　五七〇〇、ＣＡ一二五　四一九。

二月二十五日
ＣＴ検査。

二月二十七日
血液検査は、ＷＢＣ　五〇〇〇、ＣＡ一二五　六六七。

雅香は外見上は見違えるようになった。状況はともかく、退院の打合せをする。検査では、すでに快方に向かうことは、困難になりつつあることを示しているらしい。だが、細かい数値を考えたところで、どうしようもないことだった。医師に任せるということは、何を任せるのか、それは任された医師の方が、よく知っていることであった。

三月二日

五回目のCAP。薬剤を少し増量して行う。

退院は、三月十七日の大安に決まる。しかし、その一方で、既に転移が心配される兆候が出ている。

CA一二五は二月二十日、四一九、二月二十七日、六六七である。そこで、念のためというのか、アンギオ・グラフィー(腎動脈造影?)を行うことになる。雅香も私も、何が行われるのかよくわからず、雅香はめずらしく不服を表情に表わす。

朝十時より点滴開始。一本終了午後一時。アンギオのためにレントゲン室へ寝台車へ乗せられて行く。二時すぎ帰室。無事にアンギオは終ったが、左足の太股の付根の動脈から針を差し込んで造影剤の注入を行ったので、二十四時間は左足を動かせない。私と蕙子が交替で足を押さえている。雅香は疲れてＣＡＰの点滴を続けながら眠る。午後七時半、点滴三本目で嘔吐気がくる。食べていないため、苦しいだけで吐くものがない。

三月三日

現在の病状。二月二十五日のＣＴ検査で、仙骨前に直腸・Ｓ状結腸を左側に圧迫するような嚢腫状の塊があり、再発と考えられる。そこで、血管造影を行った結果では、すでに腹部各所に病巣が認められ、予断を許されぬ状況である。正確？には骨盤腔血管造影ではＳ状結腸動脈の分枝が仙骨前で、インケイズメント＝腺癌などに見られる血管の内径が浸潤を受けて生じる内径不整＝という所見が見られる。ということ。今をおいては退院、つまり家へ帰る機会はないということである。

三月十五日

院長室にて、N医師と三人で今後のことについて打合せをする。だが、打合せといって、これからどうなるのか、希望的な予測はまるで立たない。抗癌剤や免疫賦活剤を組み合せて、しばらく在宅で容子を見るというだけで、特別の手段はない。遠赤外線サウナ療法とか、民間療法でも害のないものは何でもやって見るしか仕方がない。三ヶ月、六ヶ月くらいの中に見通しが立つとはいうものの、医師は口籠る。医学がすべてではない。天の心を恃《たの》む他はない。馴れているとは言え、結論の見えている医師にとってもつらいことであるだろう。時計の針の音が耳を蔽うように迫ってくる。私は、時間が恐ろしい。

病室へ帰ると、どうした訳か雅香は少し発熱した。しかし退院する日の洋服を試着して鏡の中へにっこりする。

三月十七日

雅香正装する。これが最初で最後の洋服姿になるのだろうか、すっかり若返って、連絡にきた看護婦が、目の前にいる爽やかな雅香を見ながら、

「患者さんがいないー、患者さんは何処？」

と、あちこちと首を廻す。

雅香は「クックッ」と笑いを咀みころしている。

「まあー、誰かと思ったわ」

看護婦は目の前にいる患者に本気で驚いた。

そこへ院長以下医師、婦長たちが現れ、院長は雅香の上から下までを悪戯っぽく眺め、一同の嘆声に、雅香の笑顔は少女になった。

退院とは、病人にとってこんなにも掛替のない一日なのである。だが雅香の行く先は、すでに運命の管から漏滴して、もとへ還ることはできなかった。

娑羅の花

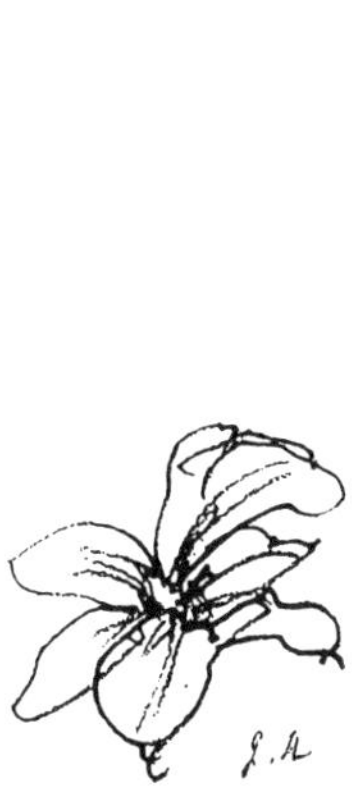

月日の経つのは疾《はや》いというが、それは、どうも自分の行動が遅くなったのではないか。
子供の一日は、あんなに出《で》があったのに、齢老いてくると、一日が早くなるのは、向う側の列車が動き出すと、止まっている自分の車輛が走り出す、その一瞬のような、あんな具合に時が過ぎるのではないか。

昭和六十三年
　三月十七日
午後一時三十分、雅香は半年振りでT市に帰ってきた。自分の足で歩いて駅に降り立ったのである。靴音が一歩一歩消えてしまうのが惜しまれるように、笑顔に歩調が合う。
それでも列車の疲れがある。駅に隣接したホテルで一先ず休む。
その間、私は父の陸士同期の石毛氏夫妻と偶然にも駅近くで出会わす。父の聯隊の墓参りに来られたとかで、墓地に案内する。

ホテルで夕食の後、雅香と娘蕙子と三人で我家の玄関に辿り着く。

雅香、自分のベッドの布団を自分で敷き、テレビのスイッチを入れて見る。それでも、やはり疲れたのか、今日は嬉しくて眠れないわ、と言っていたのが、いつものように軽く足を揉むと間もなくかすかな寝息が聞こえてきた。

こんな寝顔を、いつまで見られるのだろうかと、つい思ってしまう。退院したとは言え、それは単に退院であって、病気が癒ったわけではない。雅香はどう思っているのだろうか。とにかく退院でき、こうして我家に帰ってきたことに、どれほど期待をもっていることか。

退院時の処方

抗悪性腫瘍剤

①ＰＳＫ（クレスチン＝かわらたけの菌糸体から抽出し、蛋白質を合成した多糖体）３・０ｇ／日

ＳＭ剤（消化酵素薬配合）３・０ｇ／日

ナウゼリン（健胃薬）３錠

②テガフール（代謝拮抗剤＝体内で分解され活性物質フルオロウラシスになる）600mg／日

MDコーワ（中性脂肪の代謝改善）3錠

ピシバニールなどは免疫活性剤？として有効で、腹水の減少にも効果があると説明は受けた。しかし、処方には入ってない。つまり、今は状態もよく、腹水もとれているから、すぐには必要がないということなのだろう。

しかし、一度敲《たた》いた敵が逆襲してくるのを待っているときである。ただ手を拱いている訳にはいかないのだが、闘う手段、こちらには武器がないということではないのか、今更体質改善など遅きに失したとはいえ、朝は全粒パンに天然牛乳。昼、夜は自然食レストランの玄米ご飯に、ごま、豆類、ひじき、高野豆腐などを蕙子が超減塩で調理する。

これは免疫療法で、体質改善のつもりではあるのだが、あまりにも迂遠にすぎはしないか。おいしいものを好きなだけ食べればいいのではないかと、当事者でなければだれしも思うことである。

セラミックストーブで体を温め、遠赤外線サウナも設置する。癌細胞が熱に弱いということに由来するとしても、藁を攫《つか》むどころか、何か考え、何かしなくては居られないのだ。

横浜までヒメマツタケを買いに行く。どこをどう走ったのか、全く何も覚えていない。こういう時は、スピード違反でも捕まらない。

三月二十日

北窓をひらくような日和である。雅香、庭先に出て、木の芽をよく見る。ゴルフのパターで芝生にボールを転がしてみたりする。

退院三日目、この一日だけが雅香にとって、我が陋屋で過した唯一凪の日となった。

テガフールなどの抗癌剤は、治療効果ははっきりしないが、胃腸障害、肝臓障害等の副作用は、必ずある。個人差もある。病院も手さぐりで試みるのであれば、患者は自分に対する責任も果たせない。

野山や草木の好きな雅香は、結婚前はよく登山をした。私は、山登りをしたことは一度もない。

「もう疲れて、足が動かないわ」

と、自分の荷物も持てなかった人が、

「雪崩だ！」

の一声に、その駆け出すことの疾いことと、仲の良かったチャッカリ女性の名を何度も口にして笑っていた。

私は雪山どころか春山も知らないが、山々が遠く近く霞みがかった景色は、人間より自然を愛するといったベートーベンでなくても、かすみたなびくと唱歌に謳われているような詩情に心魅かれるだろう。だが、今は雅香の運命が春霞の向うへ行ってしまおうとしているのを、熟っと眺めているわけには行かなかった。

化学療法と言われる内服薬は、抗癌剤という名目ではあるが、これに頼るしかないという現実があるだけで、患者は、それでよいというわけではない。

そこで、民間療法で取り沙汰されるサルノコシカケ、レイシ、枇杷葉の煎じ茶、黒玄スープと、手当たり次第ということになる。麩は蛋白質で、消化吸収がよく栄養価値が高いことなども知った。

これはしかし、この戦いは四十数年も前の大東亜戦争の末期である。火焔放射器や、機銃掃射にたいする竹槍である。あのときも精神で勝つんだと言った。だから私は精神主義の敗北を経験して上で、今また精神を信じようとしているのだった。

医師から手段がないと、言われれば、尚更のこと祈る気持ちで何かに賭けようとする。せめて、この自分の気持だけは信じようと思った。しかし、自分にできるだけのこと、これでは何もしないことと、変りはしないと誰彼でなくても言うだろう。それでも、自分だけは違う。雅香のために出来るだけのことをするのだ。朝四時に起きて、黒玄スープなる一見怪しげな煮汁を作る。

大きくなった薮椿は、いくつも花をつけ、後から私が植えた雪椿の小さな枝には白い花がちらほらついている。雅香の好きな蠟梅はもう花をおとしてしまったが、木瓜《ぼけ》は庭のあちこちで緋紅色や白や淡紅など、色とりどりである。桃の古木は莟がふくらんできた。庭の花や木などに全く無関心だった私が、こうして雅香と家に居る時間が長ければ、棒樫がいつの間にか裏の二階の軒先まで背をのばしたのまで気になる。だが桃の古木は古木でも、我家の庭では植えたばかりである。雅香がせっかく家に帰ってきても、庭に花色がなくては淋しい。以前は山桜があったのだが、これは毛虫がいっぱいつく。毛虫を掃き集めて焼くのが雅香の仕事では嫌がるので、代りに桃の木を植えたのである。植木屋さんが持ってきたのが見るからに古木で、とても、桃の夭々たるその葉蓁々たりとは程遠いが、とにかく紅の花をつけて庭を朗らかにしてほしいのだった。

自然食が売りものの「かきの木」レストラン。レストランと言っても、ほんのトタン屋根であるが、玄米ご飯に、その自然食のおかずでは、全く食欲が出ない。雅香はよく噛んで一生懸命食べようとするが、胃腸は不快感が募る一方で、漢方の緩下剤を飲まずにはいられない。

三月三十一日

雅香、体調すぐれず、腹囲は少しずつ大きさを増す。

わが家の空に虹がかかる。

デカルトが虹の光を理論づけ、ニュートンが七色の虹を解明したというが、デカルトは三月三十一日に生まれ、ニュートンは三月三十一日に死んだ。いつ何で読んだものか。真偽はともかく、虹の空の向うの何かを見上げる。

退院して半月も経たないのに、お腹の腫れが気になりだす。自宅では血液検査はできないし、検査したところで、よい結果が得られる筈もなかった。腹囲は七五。全神経はお腹と胃腸と、便通と排尿に集り、うっすらと微睡《まどろ》む僅かの安息だけが幸せな時である。

四月四日
湯槽に入るのも困難になる。タライで腰湯と思うが、その盥《たらい》がなかなか見つからない。あっちこっち探してうす暝《くら》い古道具屋のような店で、見つける。だが、そのタライもすぐ無理になり、大根干葉の足湯になってしまう。

四月六日

生姜や枇杷の葉にソバやいものパスタで、お腹に湿布を当てる。初めてのときは、気の精かパスタが水分を吸収して、少しお腹が楽になったと雅香は言った。

四月十二日

花が咲いても散っても、もうそんなことはどうでもいい。おいしくない自然食よりも、何か食べようということになる。

浜松のホテルへ気分直しを兼ねて出かけて見る。減塩の会席料理に、朝はかゆ食。昼はすし、と量は少ないが、久しぶりにおいしく感じて食べられる。

四月十五日

横浜から買ってきたヒメマツタケを煎じる。腹囲七八になり、遂にT市民病院にI部長を訪ねる。

四月十九日
雨濡《そぼ》降る日、T市民病院に再び入院する。

雅香は何も言わない。

腹囲八六。腹水を抜く、二三〇〇CC。検尿、採血、胸部、腹部レントゲン、心電図、CTと医療担当者はそれぞれ変るが、患者は一人できりきり舞である。漸くベッドの上に横になると輸血がすぐ始まる。四〇〇CC。

輸血が三日続き、利尿剤の点滴の効果か、それでも排尿も便通もやや改善される。たとい昼間であっても、とにかく眠られる。

四月二十五日
腹水二五〇〇CC抜く。腹囲八六から八〇になるが、二日経てばすぐに八四に戻ってしまう。

四月二十六日

この日、点滴に人血清アルブミンを注入する。

四月二十七日

腹水更に二九〇〇ＣＣ抜く。腹囲七八センチになる。点滴、ピシバニールに加え今日も、十一時～十一時三十分と、夜七時～七時四十分の二回、人血清アルブミン注入。

アルブミンは貴重な人血を原料とした血液製剤である。だが、感染症伝播のリスクが完全に排除されているわけではない。だから使用に当っては患者への説明が重要で、治療のための必要性を患者に理解して貰わなければならない。ということのようだが、雅香の今の状況では、何の説明もないということらしかった。

午後発熱する。

四月二十八日以降もアルブミンの注入が続く。

五月一日

雅香の姪の結婚式に出席するために、外出許可を貰う。雅香は持ち前の気力でドレスを着ればしゃんとする。

このドレスを仕上げた村上直子さんというデザイナーは、かなり以前だが、私の事務所のビルで隣り合っていたことがあった。彼女もまだ若くて、大きな鍔広の帽子のしゃれた、ちょっと気取ってはにかみながら、パッとパリには出かけていったりした。この天才デザイナーは、その技術のゆえに反って洋裁店主とは折り合わないことがおおかったらしい。

その彼女が、偶然にも売り惜しんで持っていた絹地で、雅香のお腹の容子など私の説明だけだったが、つまり私の口と彼女の耳から型紙をとって、出来上がったものは、見事にぴったりだった。

雅香が急に元気になったのは、あまりにお誂えのこのドレスの出来映えにあったとしか思えなかった。

当日は不思議に雨が降らなかった。雅香が外出する時は、なぜか雨が降るのだった。今度の入退院の日もやはり雨だった。雅香のコケットリーが鳴神上人を誘い出すのだというと雅香は、幾分かは得意そうに控え目に微笑むのだった。

結婚する姪の父親は、雅香の兄だが、職場の事故で死に、彼女は片親で淋しいから、どうしても結婚式へは出席するのだと雅香は言った。

それでシルクのドレスまで新調して、出かけたのだが、若いカップルは自分たちの周りにばかり夢中になっていて、隅の方の席で私達には空しい疲労感が残った。それでも雅香は満足の笑みを泛べ、旦夕に命迫る病の影などまるで感じさせなかった。

五月三日
連休中、病院は医師不在である。治療といっても、腹水を抜くことと、栄養と利尿剤の点滴の他は、ただ医師が居るという安心感だけである。結婚式での気丈をそのまま曳いて、
「ちょっと家に帰ろうかな」
と雅香が白い歯を見せる。

再入院して二週間あまり、腹水を三回抜き、採血は五回行われたが、血液検査の結果は全くわからない。毎日見ていれば雅香の顔付きに変化はないようにも見えるが、東京のA病院から退院して、自宅で雅香が台所に立った事は一回きりだった。それも立ってみたというばかりで、忽ち疲れ、料理どころではないのだった。

「さあ、今日から私がやるわ」

と、始めの声は歯切れよく、決意表明のようにも聞こえたが、その後で、本人はかなり落ち込んだ。

今度の一時帰宅では、もう最初からその気配もなく、南縁に立って、黙って緑の芽萌えを見ているだけだった。

例えば五月三日夕の食餌。小さな、それこそ小さなおにぎり二分の一、刺身とろ二切。空豆一箇、空豆の莢が空に向って行くからと言って、一箇食べる。独活《うど》一切に私もウドの木……と呟く。鮑一切、焼魚一口、蕗一口。

これでは食餌療法にも何もならぬが、今は少しでも食べられるその瞬間だけで、雅香の命が支えられているように思える。

Ｉ医師は殆んど顔を見せない。若いＳ医師が、主治医というわけでもない主治医だった。Ｓ医師の子供の頃からの知人と私が親しかったことから、私達はＳ医師のことをＳちゃんと呼んでいて、彼も先生面など微塵もしない好青年だったが、如何せん、経験不足は目に見えていた。

彼は腹水を抜くのに時間をかけてやさしく付添ってやってくれるので雅香もいつか若い彼に信頼を寄せていたが、腹水を一度に四七〇〇ＣＣも抜いてしまう。私が疑問を呈すると、

「ああ、そうなんですか、本には取れるだけ抜く、と書いてあるんです」

と、こんな具合で、それでも悪びれずに、その次からは減らしてくれるのだった。

あるとき、そのＳ医師に

「ヒメマツタケの煎じ汁などもやっているのだが」

と聞くともなく問いかけると、

「何でも良いと思われることは、おやりになって結構ですが、そういうので病気が癒るのでしたら、私たちは苦労しないのですがねえ」

と、やや口籠りながら、彼は静かに言った。私も、それはそうに違いないことは解った。が、それでも朝四時に起きてヒメマツタケを煎じるのを止めなかった。朝まだ暗いうちに起きることで、必ず何かに対する挑戦になるのだと信じないわけにはゆかなかった。

Ｔ病院の治療方針は、大きく二つに別れていた。一つはＩ部長が、言葉だけでなく態度にも強く出していた。手段を盡して徹底した延命治療を行うというものである。他の一つは、病人を苦しめるような治療は避け、病状に対する対症療法にとどめ、静かに見守るというもので、私たちは治療方法で家族が協議するまでもなく、自然に後者を選んでいた。

これではＩ部長の気に入らない。Ｓ医師は、どうしてあんな駄目とわかっている患者を引き受けたんだ、と言って叱責されたともいう。雅香は、最初にＩ医師の診断を受けたとき以来、Ｉ医師に信頼を寄せていたので、なぜＩ先生は私の病室に来てくれないのかと、訝った。Ｉ医師は、治療実験にならない患者を個室に入れておくだけでも我慢ならなかったかも知れなかったが、私たちは、いつも機嫌のよくないＩ医師のことがそのときはわかっていなかった。

付添いの私たちの神経が緊張していれば、病室は明るく和やかというわけにはいかなかった。Ｉ医師には廊下で会ってもハッとする。病室に出入りする看護婦にも常に気を使う。Ｓ医師の笑顔だけが、雅香の気持ちを柔らげた。初鰹をおいしく食べる季節も忘れ、雅香が昔元気に歩き廻った山野の緑も、ほととぎすの声も、幼児の記憶のように消え去っていた。

ベッドから見上げる点滴の容器の冷たさが、それでも、この部屋で雅香から一時も離れずにいる唯一つの友達だった。自分が看護婦たちの片付仕事の対象でしかないのだと雅香は思った。そうであれば、管に鞦《ぶら》下がって休みなく、一滴ずつ落ちて行くものが、ひそかに雅香を励ましてくれるように思えて、熟っと見ている雅香の瞼の底を熱くするのだった。

舗装された道を車で走っていると、遠くに水が光って見える。近づくと、その水は逃げてまた先に見える。逃げ水は蜃気楼の一種だが、雅香の病気が、逃げ水のように、先きへ先きへとどこまでも逃げて行ってくれればいいのだが。

六月一日

主治医がS医師に替る。

雅香、食欲殆んどなし。夕方アイスクリームを欲しがる。おいしそうに一口嘗めて目をつぶる。

腹部膨満。点滴を中止し、利尿剤のみにする。この時機に主治医がI部長からS医師に更ったことで、雅香はかなりの不安を隠さぬが、もとよりI部長の決めることで患者にできることは諦めることだけである。

それでも若いS医師は、一日何回でも来てくれる。何でも遠慮なく話せる。何を言っても誤解されない。この何という言葉が不断《ふだん》に使える人柄であるから、まるで幽閉されたような病院から、転院でも考えないかぎり、S医師こそ願ってもない主治医であったのだ。

溺れるもの藁をも掴む。これは農耕が行われるようになってから、川が氾濫したときのことであろうから、もう何百年も昔から言い古されてきたのだろうが、今なお藁一本見つからぬということは多いのだ。

癌の最新の治療術として、温熱療法があるという。N市の社会保険病院で、その最新の装置が設置された。そこで早速紹介してもらい問合せて見る。

N市の社会保険病院からはすぐに返事がきたのだが、こちら側T病院では、そのことを私には伝えてくれなかった。結局のところ、もうT病院では、棄てられた患者だったのだ。T病院、とりわけI部長は冷静であり、冷淡であった。いや、冷酷だというべきであろう。

社会保険病院では、たとえ結果がどうであれ、出来るだけの処置はいたしますから、よろしければ、いつでも転院していらっしゃい、と言ってくれたのだが、これは私が直接社会保険病院へ問い合わせてわかったことで、T病院では社会保険病院との協議内容や先方の意向などについて、私には何の説明もなかった。

――どっちみち運命ではないか――　医師は容易すく運命論者に転化する。これを冷静というのだろうか。

既に患者を動かすのは無理だという。物理的な理由から、この話はこれで終った。

Ｉ医師にすれば、ここの病院で延命治療をしないものが、他所へ行ってできるだけの処置をして癒そうというのか、ということだったのだろう。しかし、私たちが望んだものは、あくまで治療であって、苦しみの伴う延命措置ではないのだが、Ｉ部長には、もう疾うに結論の出ていることだったから、それが自分に委せられないことに相当苛立っていたのだ。

大学病院で解剖学の教授が、今晩あたり危ない患者があると聞くと、もうそわそわというか、いそいそというか、夕方から病院で待機する。ところが、不運にも患者が生き延びてしまうと、がっくり肩を落して背に朝日を浴びながらトボトボ帰って行くという。その後姿は、まるで親しい人を亡くした悲しみにあふれているようだという。

Ｉ医師が珍しく回診に来た。Ｓ医師と婦長が従う。

Ｉ部長は雅香の大きく腫れた腹部を指先でつつくようにして、

「どうだ、少しは楽か」

といった。

この言葉とその言葉を操るに相応した挙措態度に、雅香の顔に翳が走り、ごくんとから唾をのみ込む。

背の高いＩ医師は、犀利なハサミのような角を振り翳して立ちはだかる巨大な鍬形虫のように私には思えた。クワガタムシはオニムシとも言う。Ｉ医師の顔を見て話そうとすると、どうしても大きなハサミの角が視線を遮って、私の言葉を遮断してしまう。

患者を見下すＩ医師の眼は、患者をみているのか、何を見ているのか、わからなかった。黒く沈んだ鍬形の眼は複眼だから何を見ているのかわからない。

「下《しも》をくだすとき肛門が痺れるようになるので、何か坐薬のようなものはないでしょうか」

私は、おずおずと複眼を見上げて尋ねた。

「ひと廻りした頃、ちょっと来るように」

Ｉ医師の眼は、私の問いには応えず、私の顔も見ずに命令口調で言って、すたっと踵を返した。

これが生命の問題でなく、例えば脱税を取り調べる調査官ならば、どんな嫌疑をかけられ、どんな威圧的な態度を執られようが、税金という金銭の問題である。見解の相違があったところで、今際の命にかかわりはない。

I医師は、生命の覚束ない患者の前で、その命を顧みず、心まで鞭打つような自分の態度をどう思っているのだろうか。

私にとって、いつの間にか大鍬形になったI医師、雅香はずっと、その医師に信頼を寄せてきたのに、

——もう私は助からない——

そう決められたのだと思うしかないのだった。

そうであればこそ、何を伺う言われようと、私は地を這うようにして怒りを圧えるよりほかはなかった。

六月二日

I医師は、まだ何か言い足りないのか、朝から病室に現れた。雅香も私も、もう

この医師には会いたくないと思っていると、まるで、われわれの苦衷を見透かすようにやってくるようだった。ピタペタ、ピタペタという彼のスリッパの音で、患者の心は身構え、付添人は、次ぎに起る情景など察する遑《いとま》もなく、心に懼れが走った。いったい、この医師にとって患者は何なんだろうか。誰しも、何の説明もいらぬような疑問に、当の医師自身はまるで気付いていなかった。

Ｉ医師が来室したとき、折悪しく雅香はトイレに坐ったところだった。それだけでも、Ｉ医師の気に入らなかった。二時間くらいして、Ｉ医師は回診を終えて戻ってきた。ピタペタ、ピタペタとスリッパの音は変わらなかったが、医師は患者の方をチラッと覗ただけで、私を廊下へ呼び出した。

Ｉ医師の話しはもう何回も聞かされていた。彼はいつまでも私が彼の意向に則う答えをしないので、言葉の端々に剣が感じられる。

「もう随分悪くなっている。便が出なくなったらどうするつもりか。いったい治療をするつもりなのか」

血液検査も、ＣＴもレントゲンも、何一つ説明はなく、ただ

「延命治療をお願いします」

と、患者と家族がいわないのなら、無理にでも言わして見せるぞとでもおもっているのではないか。

患者と家族と言ったところで、患者の雅香と私と蕙子だけである。私達は、ただ顔を見合わせているだけで、頭の中で時計の針がわけのわからぬ音を立てて廻って行くように時が経った。

「ただ苦痛を柔らげるというが、便が出なくなっても人工肛門を作らないのか。大腸が詰って腸閉塞の状態になっても、モルヒネなど鎮痛処置だけでよいのか」

I医師の廊下の声が病室にまで聞こえはしないかと心配になるが、同時に、人工肛門をつくる手術がどんなものなのか。もし手術を行ったなら、あとはどういう状態が予想されるのか、腹水で腫れたお腹はどうするのか。

私たちは、ただ延命治療を闇雲に拒否しているつもりはなかった。だが、I医師のいう延命治療とは、病床で一日一日明日を待つ雅香の、延命攘災福徳といった人間が生きる寄る辺とは、かなり異った何かに思えるのだった。

雅香の人生の最期に、私たちは何うすべきか。I医師の私に対する態度と物言いを聞いて泪を沁ませた雅香は、病室を出たり入ったりする私の表情を見て、I医師に対する信頼を全くなくしてしまった。

お腹の腫れは水を抜くしかなかったが、二日とはもたなくなっている。モルヒネの投与で便秘になることも知らなかった。

東京のA病院の婦長の紹介で、ある業者からアクアマットが届く。注水保温マットで、床ずれや褥瘡を防ぐというのだが、設置は五・六分という仕様のものが、一時間以上もかかってしまう。その上、注水したマットが、適温にならない。設置に来たメーカーの技術者にもよくわからない。雅香は寝台車に毛布を敷いて一晩を明かすことになる。それでも今日は、点滴の針が朝は二回目、夜は一回で入った。

六月三日

S医師、朝九時来室。腹水を抜く。いつものように抜き終わるまで付添ってくれる。

雅香の足腰が弱って、ポータブルトイレをベッドの脇に移す。笑顔は少しも変わらず、むしろ幼な顔になったのに、五体不自由で無言の動作も空しい。

腹水二六〇〇CC抜く。少し容子が持ち直したような一瞬。

六月四日
快晴の初夏、窓を明ける。

土曜日で回診はなし。I医師はとくに土、日は忙しくて、病院などには来ていられないという。ただ、土曜でも日曜でも雅香には点滴針という毎日越えなければならないハードルがあった。

「まだまだ、大丈夫よ」

点滴の上手な住野主任が、朝の空気のように爽やかな手付きで一発で入る。

昨日、腹水を抜いて気分は楽になった筈だが、食欲はない。

朝粥は汁のみ。昼おじやをほんの一口、夕は全く食べず、みたらしだんご一箇を口に頬張り、しゃぶって吐き出す。

幸い夕のハードルも市川看護婦が一回できめてくれる。
「いわまの甜水」という、滋賀県大津のミネラルウォーターで含嗽《うがい》をする。ときに一口、「おいしい」といって小さく咽を調《な》らす。命の水。

六月五日
一日に何度も含嗽をくりかえし、ときに僅か半口ほどを飲む。食欲は全くない。唾液が出ず、ストローも吸い難く、嚥下が出来ないようす。含嗽ばかりして唾液を排出してしまったのであろうか。
昨日とは打って変わって、点滴針が入らない。結局、点滴一本目の終了が二時すぎになる。それでも、今日は日曜日で医師の回診がない。病人はともかく、私は心が休まる。
午後、名古屋のT医師夫人来室。まるで彼女を当てにしていたように、私は胸に溜まっていたことを話す。日赤第二病院のことも話題になるが、もう病人を動かすのは無理だと思う。

六月六日

S医師と会う。T夫人はS医師と親しく、T夫人は昨日S医師、つまりSちゃんに会って行ってくれた。

それでもS医師の上司であるI医師のことなど、若いS医師に話すには、どうしても言い淀む。とにかく、医師が愛情をもって見守ってくれることがたった一つの患者の願いであることを伝える。

夕刻、再びS医師来室。

雅香にいろいろ話して励ましてくれる。

医師が一生懸命に考えてくれていることが患者をどんなに勇気づけることか。雅香は繊弱な心に滲むような笑みを久々に泛べる。すると患者の笑顔は、何かを触発するかのように、急に状態がよくなり、重湯を少し飲む。黒玄スープもおいしいという。小さいが躍りのえび一匹。――これは、この病室ではトピックスである――スイカ一切。これは霊験である。しかし一般に医師は惜しいかな、文の人ではなく科学の人である。

科学というものは、地球にゴマ粒をぱらぱらと撒いたくらいのことを解明して、そのゴマ粒とゴマ粒とを点線で結んでものを考えることだという。

S医師と、例の延命処置について話す。S医師が、優しい医師であっても、彼には医者の立場がある。彼は、医師として、やはりI・V・H＝イントラ・ヴィナス・ハイパーアライメンテイション―静脈内高栄養輸液＝のルートを確保するのが望ましいという。彼の説明によると、現在の通常点滴による栄養補給は三〇〇カロリー程しか摂取できていないが、I・V・Hなら一〇〇〇カロリーくらい摂れる。これならまだまだ元気になれますというのだった。

後から思えば、この問題には一つの誤解があった。I・V・Hは通常点滴に代えて、胸部に深くシリコン樹脂のカテーテルを固定して行う方法である。そのために病院側が、執拗にI・V・Hをすすめるのは、毎日点滴針がうまく入らぬ看護婦達から雅香の病室は敬遠されているのではないかと、私達は考えたのだ。それに、患者は悲観的に考えてしまう。もうこれで軀を動かすことはできませんよ。と、四六時中I・V・Hで繋がれてしまうことが、一縷の望みさえ断ち切られてしまう絶望の抽象であるように感じられたのだった。

その上、日本語の中の省略英語には先進異文化からくる圧迫があった。例えば、IBMというのがある。IBMと聞けば、何だか理屈ではなく盲目的に上位正統の感覚を与えるような響きがある。しかし、これを、インターナショナル・ビジネス・マシンと言ってしまえば何の霊験もないではないか。だからI・V・Hという語感も医師から受ける威圧感をいやます効果が充分にあったのだ。

そのうえ、I・V・Hには、口には出せないもう一つの問題があった。今、雅香がI・V・Hによる栄養補給によって、いく分での元気を取り戻すことができるかも知れない。しかし、そのことは、かえってその後の苦しみの時間を長くすることになりはしないかということであった。

結論はやはり出なかった。それでもS医師と話し合うことは、病室内が穏やかになって、これで、この病院にこのままお世話になる決心がついた、と言ってよかった。

夕刻、婦長とばったり出合い一緒に階段を降りると、

「余程、良妻賢母の方なのでしょうねぇ」

と、婦長が言う。

「いえ――」

と、私はただ口籠る。

夜の点滴は住野主任が珍しく難行する。彼女は汗をふきながら
「ごめんなさいね、ごめんなさいね」

と繰返す。

こんな感性のやさしい看護婦さんもいるのだと、目頭に迫るものがあるが声にはならない。

六月七日
「うなぎのような高蛋白のものを食べるといいですよ」
と、S医師から聞いて、雅香はうなぎを食べるという。

それじゃあと早速、うな重を買ってくる。しかし、本当に食べるのだろうかという疑念もあって、食べられない場合のために中華のコーンスープと杏仁豆腐も買ってくる。

医者の一言は、息子のように若いS医師のいうことでも、どんな薬にも優る効果があるのだった。

雅香はうなぎとご飯を少々ながら本当に食べる。吸物も一口飲む。デザートに杏仁豆腐を一口。「ああ、おいしかった」

人生の、いや生涯のすべての幸せが一時に凝集したような一瞬の微笑。だが、夕食後の点滴の後でトイレに立ったのが悪く、嘔吐気に襲われる。

八時半から九時半頃まで、苦しみ、苦しんで、せっかくのうなぎもなにもかも吐いてしまう。

「胸が込み上げてくるとき、焼けるの」

雅香も気の弱いことを呟く。

と、この苦しみの最中に看護婦来室。

「オシッコの回数は？」

答えがないので、患者と付添いを交互に見ながら
「回数と、分量は！」

と、たたみかけてくる。

—看護婦さん、今それどころじゃあないこと、見ればわかるでしょ—

私は黙って看護婦を見返すが、しかし看護婦にはとんと何のことかわからない。

嘔吐物を受け、背中をさすったりしている私と蕙子を、面白くもなさそうに、ただ突っ立って見ている。

今日はよく晴れて、窓越しに青空が拡がる。

「ああいいお天気、朝早く起きてお洗濯したら気持ちがいいだろうなあ。もう一度元気になりたいなあ」

と言っているところにS医師がきて、例のうなぎご飯になったのだった。

病室というところは、天国と地獄がほんの一瞬で入替ってしまう。

現実は、人の世のあわれなどと言っておられない。言葉で表わせるような人の世

のあわれなど、どこにもないのだ。

六月八日

朝、牛乳五匙

雅香、泪を泛べて言う。

「牛乳を飲んで体質が変わるのなら、これから流動食で高蛋白のものは牛乳だけでしょう、だから牛乳を飲むようにしようと思うわ」

嘔吐気が何度も来る。点滴の腫瘍用薬には嘔吐気はつきものでも、胃液状のものしか出ないのに吐くのは苦しい。嘔吐気止めの注射。午後、腹水三五〇〇CC抜く。眠り続ける。

六月九日

腹水を抜くと、よく睡ることができる。排尿もよくなる。そうなると急に気分もよくなる。N市から友人の医師、T先生が見舞いにきてくれる。I医師、S医師に

も会って、雅香もまだまだ頑張れるから、少しでも食べられるようにと、励まして、
静かなT医師は立ち去った。
今日の回診。I医師、S医師を伴い、大変親切であったと、雅香は極楽の顔にな
る。T医師が会ってくれたためと判っていても、雅香の笑顔に涙がひかる。
ベッドの雅香を見ていると、笑顔も哀しい。苦しむ姿は尚悽《かな》しい。
それでも今日は付添夫の誕生日。ホテルから、ポタージュ、サーモン、オードブ
ル盛合わせ、ビーフストロガノフ、アイスクリームなど買い来り、久しぶりに三人
で箸を寄せ合う。雅香も少し食べる。謐かな——最後の晩餐——。

六月十日
昨日の元気はどこへやら、体調の予測は全く不可能である。
朝の重湯もダメ、牛乳二匙。昼はいかそうめん二箸三箸。それでも夜は、気を持
ち直したように、しゃぶしゃぶ風の牛肉、じゃがいも煮込、長芋短冊切等にアイス
クリーム。少しづつながら割合よく食べて、すぐ睡る。僅かな平和。

六月十一日

今日は土曜日なのにI医師、女医を伴って回診。来週また水を抜きましょうとのこと。

本日の食餌、朝六時に牛乳を沸かし、六分の一、朝食は八時半頃おかゆとスープ。昼は煮込みそうめん、甘えび二匹。あんかけ豆腐、炒り卵とほんの少しづつながらも食べる。夜はご飯少々、茶碗蒸二匙。

S医師に栄養のことを聞いて以来、とにかく食べる努力をし、自分自身で力をつけようと心がけている。いくら若い駆けだしの医師でもお医者様に変りはない。医師の一言が、病人を励まし、どんなにいい影響を齎すことか。医師冥利につきることだと思えるのだが。

口唇が渇き、カリカリになり喉がカラカラになるので濡らしたガーゼを唇に当てていたのも、今日は何も言わず、含嗽の水も少し減った。だが、両足の浮腫はやはり変らず、排尿はあるが、お腹の腫れは小さくはならない。

点滴も五パーセント水溶液を一本中止し、代りにアルブミン二五%高蛋白溶液の点滴になる。ベッドの脇のトイレに降りるにも両脇から支えられ、ベッドへ戻るのは、急斜面を登るように疲れる。

六月十二日

朝七時すぎ牛乳六分の一、ゆっくり飲む。

腹囲八九、七。腹水を抜いて二日経てば、すぐもとに戻るどころではなくなる。点滴も小型のも、高蛋白のもの。大きな五〇〇ミリリットルは一本だけ。昼は全く食べない。食べたい気持ちはあるが、お腹が苦しい。太巻ずしをちょっと嘗めるようにしてみて

「おいしいは」

「…………」

「でも、今度買ってきて貰うから、今日はいい」

と、アイスクリームを一口。

午後は眠りつづけるが、四時に目醒めると、嘔吐く。数回吐く。

嘔吐気止めの注射を打つ。

今日は日曜日なのに、思いがけなくK医師回診。あまり馴染みのないK医師である。医師は言葉短かに患者に容態をたずねる。言葉使いは少し丁寧になったが、医師は見下すように患者に目を這わせると、付添いの夫や娘の方には目もくれない。見事に無視して室外に出る。看護婦も同じ仕草で後に続く。

病院は完全看護である。もともと付添いはいらない筈である。勝手に病室にいるものは、医師や看護婦にとっては、存在しないものなのだ。

医師や看護婦には、対等の能力のない患者が相手であるべきで、患者はいつも弱者である。その弱者を上から見下す立場以外の立場を彼等は知らないのだ。

嘔吐気がくる。いくら患者が苦しんでいても、看護婦は見ているだけである。患者が、ベルを押して頼む仕組みになっているのだが、雅香の病室には、余分な付添いがいる。だから、患者に代って、付添いが頼まなければいけない。これはルールなのだろうか、ルールブックがあるわけではなかった。

体の清拭も、雅香は頼まない。付添いの私も頼まない。偶に、やさしい看護婦が声をかけてくれるが、雅香からは大抵は断る。この五十日余りに体を拭いて貰ったのは二回だけである。

毎日朝の検温と尿と便の回数だけは律儀に聞きにくる。

六月十三日

朝、S医師腹水を抜いてくれる。

四七〇〇CC。腹囲七九センチ。大胆に抜くので少し心配だが、雅香楽になり、昼は親子丼四口、甘えび一、じゃが一口、山芋少々、ムツ粕漬一箸、アイスクリーム一口、夜はご飯七口、そうめん二口、烏賊そうめん七すじ、うに一口、ポテトサラダ三口、ヨーグルト四口。お腹の水さえなくなればと、目を見合わせるが、神も知らない一偶があるのか。ほんの一口二口食べるのが精一杯の、哀しいほほえみが、今は一番幸せな一時となる。

S医師、Sちゃんに邂逅ったことが、雅香の涙に救いを潤ませる。

「あの、やさしい先生」

は、看護婦の失敗した点滴注射も引き取って替ってくれたという。

六月十四日

量の多い水溶液点滴を減らし、今日もアルブミン二五％点滴を三本行う。ネフローゼ症候群に対する治療により腎不全に対症し、腹水の増加を圧える効果が期待できるらしい。だが、点滴溶液の濃度が大きいため、朝九時すぎより、午後三時までかかり、利尿剤の点滴は、漸く三時すぎに始まる。その間、排尿は殆んどなし。しかし、不思議に両足の浮腫がひき、今日は殆んど平常のようになった。

昼食は点滴を鞦下げたまま、ベッド脇のポータブルトイレに腰掛ける。中華飯、コーンスープ、いずれも少々。好物の鴨の燻製一切を食べ、コーンスープは小カップ半分くらいを飲む。おいしい、と久しぶりに生気をほんのり湛える。デザートの杏仁豆腐も、新発見でもしたようにおいしい、を、くり返す。こんなときは、窓から差し込む陽の耀りまで、透徹って見える。私も蕙子も一時、付添人の勤めも忘れて一緒に喉をならした。

昨夜の微熱は、四七〇〇CCも一度に腹水を抜いたせいだったのか、今日は平熱になった。

夕方S医師からの連絡で会う。

「腹水のたまり具合が早いので、明後日くらい、もう一度抜いて、今度は薬剤を入れようと思います」

とS医師が切り出す。

薬剤は、以前から聞いていたピシバニールである。

「あまり大量に入れずに二〇CCくらいにしましょう」

S医師は自らをも納得させるように説明する。私には、意見を狭むような知識はない。

「ピシバニールは、クレスチンと同じ免疫活性剤だから、両方を一緒には使えない」

ということだが、雅香は、クレスチンは嘔吐気がひどくて飲み難いという。それなら、クレスチンを中止すればよい。

看護婦は、雅香がクレスチンを服用できないでいることは知っていて、それは、ただ知っているだけである。毎日尿や便の回数を聞き、せっせと記録はしている。時にはよい人もいて、雅香の足の浮腫を見ていってくれたりするが、

「お腹のはれは？」

「嘔吐気は？」

と、きまりきったことを、睡っているものを起こしてまで聞きたがる人もいる。ナースステーションで、毎朝随分熱心に時間をかけて、何の打合せをしているのだろうか。そのために点滴が遅れることもある。それでも夕食はビーフカレーのビーフ三箇、ポテトサラダ五口、トマト一切、杏仁豆腐少々。

S医師のやさしい助言のお陰で、病人は、とにかく食べる気でいる。が、夜の点滴が終った九時すぎ、少量だが、嘔吐く。

「せっかくの、少しでもと一生懸命の栄養も台なしだわ」

と、雅香は大変悔しがる。

六月十五日

夜中はわりあい具合がよいように思えたが、明けて五時をすぎ頃から何だか気落ちした容子である。六時すぎカーテンを引く。

朝空は、仄《ほ》んのり晴れているが、眼差しを窓外に向けるだけで、声もなし。

「元気がないね」

「そう、そんなことないわ」

と、答えるが、声は萎えている。

夜中に、例の水を飲もうとして、もう昨日のように飲めず、少しづつ咽を通すようにしか飲めなかったので銷気ているのだろうか。

患者は全身の神経が、針のように触手となって、この世の、幽かに呻吟《さまよ》うできごとまで、すべて察知してしまう。雅香のデリケートな知覚は健常のものにはわからない。

七時半。蕙子が手製のサンドイッチを持ってくると、

「わあ、おいしそう。これが全部たべられたらねえ！」

と嘆声を低く洩らす。

牛乳二分の一カップをゆっくり、ゆっくり時間をかけて少しづつ飲み、卵のサンドイッチを二口程食べて、にっこりする。

十一時。アルブミン四本のうち三本目が終ったところで、四本目を中止する。

昼食の時間になるが、アルブミン点滴の途中から嘔吐気がきて、食欲は全くない。

それでも病院の近くの料理屋の千代娘で、せっかく鯛の刺身を薄造りにしたものを見て、食べる気になる。

「おいしいわ」

と、漸くの思いで、二切。

夕刻四時半までの間に、幾度も波状的に嘔吐気が襲う。せっかくの鯛二切も吐いてしまう。嘔吐気止めの注射も、大した効き目はない。

夕食の膳からは眼を外らす。

何も食べず、点滴、利尿剤も、アルブミンも、すべて中止する。暗くなった天井の一点に向って、眼を閉じ、浅く眠る。

八時すぎ目醒めると頻繁に嘔吐気がくる。看護婦が、背中を摩ってくれる。やさしい人もいるのだ。腹水四七〇〇を抜いたのは、まだ一昨日のことである。嘔吐いている最中にS医師来室する。とにかく明日、もう一度水を抜いて貰うことにするが、まるで心の咬傷のような見えない相手である。S医師とて手段はない。それにしても、たとえどういうことであっても、何か少しでも対応策はないものか。祈りを忘れた現代医学とは何か。もどかしさ、悔しさ、情けなさ、ただ病人の胸中を憶うばかり。

八時五十分。排尿ののち、嘔吐気は少し治って浅く眠る。

九時、看護婦見廻りにくる。扉を騒がしく乱暴に明ける。ツカツカとベッドに近寄って、漸く眠りかけた雅香に、

「どう、気持悪いのは、治った?」

と、無頓着に声をかける。

謐《しず》かに眠りかけた患者の、目の前の姿から、何も読みとることができず、感じる

こともなく、あまりに無神経だと言ってみたところで、当の看護婦は、あっけらかんとして、まるで悪気はないのである。

眠っている患者のベッド脇まできてくれるのは、むしろ親切なのである。粗野は教育ではない。生物の存在の仕方の問題なのだ。

夜十時、排尿に目醒めたとき、布団にかえってから少し嘔吐く。十一時、いつもの時間帯の通り、一時間おきに目醒める。間断なく少しづつ吐き、十二時になる。

見廻りの看護婦に、

「嘔吐気止めの注射は？」

「もう昼間、二、三回打って効果はありません」

「何か坐薬でも」

「どのような効き方をするの」

と、雅香が注意深く問うが、看護婦は何も答えずに去る。

零時半、S医師と電話で話す。S医師は、お腹の水よりも、腸を圧迫している腫瘍が大きくなっているのではないか、嘔吐いたものに潜血反応もある。腹水を抜くのは、すぐにもできるが、それで嘔吐気が止まるかどうか、坐薬は直腸から吸収されて筋肉注射と同じ効果にはなるが、場合によって、よけい不快感のくることもあり、適当かどうかは疑問だという。

「明朝、九時にすぐ行きますから」

と、S医師の一言を伝えると、雅香は安心したのか眠りにつく。

六月十六日

朝九時十五分。S医師、婦長を伴って来室。腹水は少し抜き、ピシバニールは、今回もう一度見合わせること、点滴に胃潰瘍の薬を入れることになる。

九時三十五分。腹水一六〇〇CC抜く。十一時、雅香、アイスクリームを一口、嘗めるだけ。甘すぎるので西瓜を口に含み、汁だけ吸って吐くという食べ方だが、

「おいしい」

と、その一瞬のためのように眸を瞠く。

今日は、点滴中も眠っていたが、夕方四時、少量の胃液を嘔吐く。

夕食は全くなし。点滴は、アルブミン、栄養剤、胃潰瘍薬という構成である。医師はピシバニールを入れるというが、婦長は反対意見で中止になる。医学と経験とから判断が別れるのだろう。

夕方の点滴針が入らない。帰宅した竹内看護婦がきて無事に一回で済む。このまま眠ってくれれば、明日は少しは食べられるかも知れない。

六月十七日

曇りのち晴れ。

朝、私の作ったおかゆと梅干を嘗める。黒玄スープはおいしいという。牛乳は飲まない。

点滴、星野看護婦は一回できめる。十一時に二本終る。

昼食は、朝のおかゆの残り、いかそうめん二、三本。トロロ汁少し嘗める。千代娘の親子丼のご飯は好物でも食べようとはしない。

点滴の胃薬くらいでは、これが精一杯であり、それでも西瓜はおいしいとしゃぶる。

夕方S医師に会う。I・V・Hの話になる。昨夜の看護婦が点滴が入らず、竹内看護婦を呼びに行って出来たのだが、いつもそういうことは出来ない。I・V・Hでなくても、ビニール針で、一週間くらいもつのもあると、本を見せてくれるが、しかし、これはうまくいく自信はないらしい。

「I・V・Hをやるなら、明日の午後行います。」

と、S医師も困ったように言う。

病室へ戻って、雅香に何事でもなかったように話す。

「もう、点滴も入らないのね、なぜI・V・Hまでやって生きていなければいけないの、あれで、何の楽しみがあるのかしら」

両手を胸の上で見較べながら、みるみる泪が眼にあふれてくる。雅香の細い腕はもう何百本、いや千本以上の点滴針を刺してきた。

それでも上手な人なら、昨夜の竹内看護婦のように、まだ一回で入る。

看護婦は十数人はいる。上手な人は、せいぜい五指。今夜のように下手な人の中でも極く下手な人が二人揃うことだってある。

雅香、啾《な》きながら嘔吐き、嘔吐き続けながら啾く。

看護婦詰所へ点滴を相談に行くが、福田、渡辺両看護婦は目を合わせることもしない。私が國鉄と渾名した看護婦である。

誰か、どこからかでも、看護婦をつれてくることをなぜ思いつかなかったのか。もうずっと昔のことになったが、私が結核で入院していて、そのときは雅香が付添う側であった。國立の療養所で、私は風邪で高熱を出したが、当直の医師はきてくれない。恰度着替えを持ってきた雅香に、私は救急車を呼んでくれといったことがあった。そのときは、雅香が直接医師を呼びに行って処置してもらったが、ここでは、訴える医師もいない。

病室に帰ると、雅香と蕙子が二人で涕いている。

「どうせ駄目なものなら、もう治療はいらないわ」

と雅香の声はきれぎれに、諦めの清澄を密め、蕙子は黙って目頭を押え、胸をしゃくりあげ、顔を俯せたま、である。

病院というところは、けっして人を救うところではない。病人ほど立場の弱いものはない。弱い者は追いつめられ諦めて死んで行くのが、ここ病院の日常なのであった。

とにかく、S医師に連絡してくれと頼む。

「今日は宴会で家には居ないと思う」

S医師も、I・V・Hの返事がないので、病院の方針との板挟みで、もう打つ手がない。若いS医師は、放げ出してしまったのだろうか。

夜十一時。雅香は延々と嘔吐きつづけ、看護婦は姿を見せぬま、点滴は中止のまま、時計の針の一刻一刻が胸を刺してすすむ。

夜半、十二時近くなって、看護婦は、それでも当直のK医師に指示を仰ぐと言い出す。

いくら看護婦の態度があからさまに不愉快であっても、患者は苦しみ続けているほかはない。

「お願いします」

と私は目を伏せて俯く。雅香は諦めて覚悟をきめたように、

「もう診察なんて、いらないの」

と、歯をくいしばって私を見る。雅香の瞳は潤んでいる。

果たせるかな、K医師は来ない。

看護婦詰所へ再びききに行く。福田看護婦は、何かしどろもどろで、もう一度連絡して見るという。もう一度というのであれば、一度は連絡をとった筈である。そのとき、どういう指示があったのかと問糾す。

「いや、まだ連絡はしてありません」

どうやら、自分たちが点滴注射が下手だということを匿くすことばかりに気持ちが働いて、患者の苦しみや、心痛など遠い夜空を通りすぎる雷《いかずち》の音くらいにも感じないのだろう。

K医師、やっと来室。何をしてくれるにしても今更である。私たちは、もう病気と闘うのではなく、病院と戦うことになってしまったのだ。

「いろいろ不行届きもあったと思いますが、医師には患者を看る義務があります。

私に診させてほしい」

Ｋ医師の言葉を素直に受け入れるしか病人の選ぶ道はない。

もう深夜である。看護婦の交代時間で、竹内看護婦が出勤してきたから、胃薬の点滴を打って貰うようにＫ医師は指示して行く。

ところが、どうしたことか今度は竹内看護婦が来ない。

三十分、一時間と息をこらして待つ時間は、まるでこのまま、無限に続くのかと思われる。看護婦詰所へ見に行く。福田看護婦が、竹内看護婦に何やら文書引継ぎらしいことを行っている。

「せっかくＫ医師に診て貰ったのだから、指示通り点滴を先きにしてくれませんか」

と、頼む。竹内看護婦がふり返って頷く。

針は一度できれいに入る。

看護婦の注射の技量で、雅香は一日中、嘔吐に苦しみつづけ、栄養の補給も水分もなく、眠ることすらできないのである。

帰り際にK医師は、

「ここの看護婦は左翼の組合が強いから院長でも、誰でもどうにもなりませんよ」

と、独り言のように言った。

六月十八日

昨夜から、私は一睡もせずに枕頭についていた。

朝、婦長来室。

廊下で婦長の弁解を聞いていると、そこへ背の高い河合医師が現れ、不良少年が脅しをかけるように肩を嚇《いか》らせて私に詰寄ろうとする。婦長は、あわてて、彼を宥《なだ》めるようにして連れ去る。これはいったい何事なのか。河合某とかいった、この医師は何者なのか、私に何をしようとしたのか。この名を私は終生忘れないだろう。

病室にはS医師がいて、雅香にI・V・Hの他にも、補助血管確保の方法もあることを説明している。もう患者の選択肢はなくなっている。通常点滴ができなくなったら仕方がない。

岩本看護婦来室、点滴一発でできる。

患者は病院を頼る。医師や看護婦を頼る。弱者が強者を頼るのが自然のならわしでもある。しかし、鳥の中にはホトトギスのように、自分では巣も作らず、弱い鳥に育てさせるのがいる。

看護婦は、やがて死に行く弱い者、病人を当てにして生活する生き物なのだろうか。

これも自然現象なのか。

雅香は、病に疲れたのか、病院に疲れはてたのか、何も喉に通らない。西瓜やアイスクリームをほんの少し嘗めるだけで、それもすぐ戻してしまう。

熱が高くなる。全身の怠《だる》さを訴える。深夜出血。

六月十九日
今朝、熱三十八度一分。よく眠れない。点滴は栄養剤に解熱剤も入れるが、熱は変わらない。全身が怠いが、特に足がだるい。蕙子が、お湯を絞って湿布しながら揉む。酒生綿で清拭するときだけ、少し気持ちがいいと言う。

昨夜、雅香が自分から導尿管をつけると言い、立岩看護婦につけて貰う。もうトイレにたつ気力もなくなったのだ。黒玄の氷を嘗めても吐く。

——私、まだ五十五才なのに、何も咽に通らない——

泪を泛かべるが、すぐ気をとり直し、

——明治の人はみんな短かったわね——

と、こちらに目差しだけは微笑もうとする。

三十八度一分の熱はどこの熱かわからない。雅香のか細い肉体が、今際《いまわ》の力をふりしぼって外敵と闘っているのだ。人間は、自分を焼き殺してまで闘うものなのだ。

今日は日曜日、当直の医師はきてはくれない。夕方の点滴に睡眠剤を入れて貰い、雅香は眠る。今夜は竹内看護婦、名を聞いただけでも気持ちが楽になる。クーラーの風向きを直したり、アイスノンを取り替えたり、ベッドの寝る位置を直したり、よく手伝ってくれる。

六月二十日

熱は下がらず、朝、回診の医師に、なんとかもう少し楽にならないものかと問う。S医師十時にきてくれる。午後にでも水を抜きましょうというものの、他に打つ手はない。雅香の苦しみは白夜のように終日焉《や》むことがない。

夕方の点滴を早やめてステロイドを使う。熱三十八、七度。解熱剤の注射。雅香の軀がふるえる。

――私、まだ千《ゆ》き度くないのに、大勢迎えにきているわ、どうしよう――

幻覚の中を、雅香は呻吟《さまよ》っているのか、空をつかむように私の手を握る。

六月二十一日　曇

朝、どういうわけか時計が四時に鳴った。もう一度寝ようとして思い返し、そのまま起きる。おかゆと黒玄スープを作る。六時病院へ着くと、蕙子は起きており、雅香も目醒めている。

昨夜、雅香は、

——このお腹の水が出ればいいのね——

——お腹を撲ったら出るかしら——

と、真剣に打とうとする。蕙子が、お母さん、さする方がいいよ、と言ってさすってあげたという。

午前九時。点滴の看護婦も、誰も何も言ってこない。点滴針が入るように血管を暖めるタオルを貰ってきて、蕙子が母親の両の二の腕を暖める。

詰所へ看護婦を呼びに行く。点滴の上手な人の名を揚げて頼むが、

「今日は、その人たちは居ません」

と、いう返事が他人ごとのように返ってくる。

「もういいの、私が、どんな気持でこうやって待っているのか……（わからないなら）……点滴は、もういらない。やってくれなくていいわ」

と雅香は、死を決心したように、まだよく透るきれいな声で、キッパリと言った。

これまで、私が看護婦にいろいろ言うのを聞き咎めて、

——ごめんなさい、すみません、ありがとう——

と、繰り返す雅香の使う言葉の種類は限られていた。そんな雅香がついに意を決し、最後の一言を宣告したのだ。

婦長はただ困惑しているだけである。雅香は水分の補給すら全くなくなった。

I部長に会う。

「雅香は、I先生を信頼して、ここにきました。あといくばくもない命の一時間と、元気な人の一時間では、わけが違うと思う。どうか、ご迷惑かも知れないが、できるだけの手当てをして欲しい」

と頼む。

今更もう治療方針でもない。鎖骨下静脈内血管確保による持続点滴で、僅かの栄養補給でも、それで静かに終わりたかった。

I・V・Hは行わないことに、I医師も諒解する。

昼過ぎに、昨日蕙子が注文した空気マットがくる。マットの組立ては婦長が手伝ってくれて、雅香を、空気マットのベッドに移す。

ところが、取り外したウォーターマットの水抜きが大仕事である。バケツに何杯もザァーと空ける。雅香がその音に、

「あなた大変ね、だけど滝の音のようで、気持がいいのね」

と、言う。私もそう思ったところなので、思わず目と目でニッコリ頷く。

空気マットに移った雅香は「あ、これ茣蓙《ござ》の上みたいね、気持いいわ」と喜んで、蕙子に空気マットを少し起こして貰い、

「いいものみつけてくれたのね」

独り言をのみ込むように、目を閉じる。

午後四時。鎖骨下静脈血管確保のための針打ちを始める。五針ほど打つ。が、S医師うまくいかず、K医師を呼びに行く。

K医師もなかなか入らない。

雅香は黙って目を閉じ、口を結んで耐えている。五時半頃に到って漸く成功する。

鎖骨下の静脈が深かったからだという。

こうして、あれ程いやがったのには、本人にもわからない理由がちゃんとあった

のである。とにかく点滴液が落ちていく。雅香は脱水状態だから、少し早く落とし
たらどうか、と看護婦に問いかける。
目を閉じたまゝ聴いていた雅香が、
――看護婦さんに任せておけばいいのよ、それが私の運命なの――
といって、目を瞠くと、
――さあ、点滴は、私が見ていなくちゃね、終わるとつまってしまうんでしょ――
お母さん、私たちが信用できなくて、ごめんなさい。蕙子が泪ぐむ。
――ううん、違うのよ、他人さまはみんなね、それに、自分のことは、自分で管
理するのよ――
S医師にこのことを話すと、若い彼は、じっと目頭を押えて頷いていた。
高熱が続く。三十八、七―三十九、一度。ステロイドも、解熱剤も効果は感じら
れず、ときどき手足に震えがくる。尿量も少ない。
鎖骨下静脈の血管確保ができるまで、昨夜から十数時間、患者には何も補給され
なかったのだ。

持続点滴が、今度は早く落ちすぎて、九時に終る。看護婦は誰も見に来ない。死と向かい合っている患者が、首の骨を枉《ま》げるようにして、一時間半もの我慢の末にやっと確保できた血管が詰まっては水の泡である。

——あなたに点滴の番させて可哀そう。点滴の番する人生なんて——

と雅香は譫言《うわごと》のように呟く。

それから、ふっと気を取り直したように目を開き、

「お願いがあるの、まだ早いかしら」

ここでちょっと考えてから、

「タタミの上で死にたいの、私の家のお座敷でね」

私の家というのは、雅香の育った家のことである。

「私たちの家にだって座敷はあるよ」

「ううん、あんな立派な人のお写真のある部屋ではねぇ——」

だが、この話は、ここで、途切れたままになった。

雅香が最後にT市民病院を選んだ理由が、或は、このことであったのか。

六月二十二日
深夜来高熱が続く、三十九、六度。

リクライニングのベッドを起すこともできない。唇を濡らす水の一滴でさえ、咽へ流れ込と両足の筋が突っ張る。

ぬるま湯のおしぼりで、額の汗をそっと拭く。

やさしいのね
やさしいのね
と、二度くり返して眠る。

酸素マスクは、もう要らないと、目を閉じたまま雅香は自ら、そっと指さす。

S医師来室。

雅香の闘いは終焉った。

十二時、三十三分。瞼に薄く泪があった。

丘の頭《いただき》にきれいな草叢がある。遠い麓の方を見ると、そこはいちめんにひろびろとした海の景色のように思えることだろう。

「いまどこへ行っても癒らない病気ですから」

I部長は一言いって踵を返した。

「清拭は、ご希望の看護婦を誰でも仰言って下さい」

死に向かって婀やかに成熟していった雅香の、温もりを頌えるように眠る姿に、婦長は、薄い唇を動かした。

雅香は、答えない。

S医師はじっと立っていた。

何もかも終ったのだ。

十七年が過ぎた。

雅香の植えた娑羅の樹が、この日を忘れずに、今年も、白い一日花を葉かげに紕《かざ》った。

あとがき

まさか、これは小説ではないでしょうね。

これを読んだ人は言うかも知れない。私が、いなくなってから、誰か、私の書いたものを読んでくれる人のために、書いたのかも知れない。

文学の勉強をしたことはない。文学は生きることだと思ってきた。それは私の心の咬傷である。

野見山暁治氏の表紙をまた戴いた。つまり本ができないうちに表紙はできていたのである。その上に新川和江氏に帯文を頂戴した。それで第一巻に続いて、またまた中身はおまけになった。

山下智恵子氏に校閲していただいた上、玲風書房編集部にお世話をかけた。ご縁のあった方々に、言葉にならないほどのお礼を申し上げたい。

二〇〇五年　九月

坂上吾郎

◆著者紹介

坂上吾郎（さかのうえ・ごろう）

1932年　豊橋市に生まれる

1968年　月刊紙『石風草紙』を主幹・発刊。(1983年12月迄)

1989年　「私の愛」「故旧よ何処」を作詞する。
　　　　唄・菅原洋一、作曲・神原寧　発売・ポリドール㈱
　　　　その他豊橋市において発刊される日刊紙　東愛知新聞及び東海日日新聞に客員として随筆を寄稿する。

本名　**池田　誠**（いけだ・まこと）

1960年　税理士登録

1983年　『税務調書マニュアル』（共著）ぎょうせい出版。

1993年　『経営に活かせるコンピュータ実務』を著し、ダイヤモンド社から出版する。

1995年　文藝春秋巻頭随筆10月号執筆

1997年　『北千鳥　占守島の五十年』（編著）を國書刊行会から出版する。

2000年　中高年向経営管理学習システム「さあ　はじめよう」全五巻完成する。

2002年　特許発明者登録№3357044「コンピュータを用いた財務会計の処理方式及びプログラム」を開発。

まさか　坂上吾郎小説集　Ⅱ

二〇〇五年十一月一日初版印刷
二〇〇五年十一月十日初版発行

著　者　坂上吾郎
発行者　生井澤幸吉
発行所　玲風書房
東京都中野区新井二—三十一—十一
パンデコンデザインセンター
電話　〇三（五三四三）二三一五
FAX〇三（五三四三）二三一六
印刷製本　株式会社　新晃社

ISBN4-947666-37-4 C0093 Printed in Japan ©2005